나를 사랑하는 법

JIBUN O DO AISURUKA SEIKATSU-HEN

by ENDO Shusaku

Copyright ⓒ 1982 by The heirs of ENDO Shusaku

All rights reserved.

Originally published in Japan.

Korean translation rights arranged with The heirs of ENDO Shusaku, Japan

through THE SAKAI AGENCY and TONY INTERNATIONAL.

행복한 삶을 위해 나와 친해지기

나를
사랑하는 법

엔도 슈사쿠 지음 | **김영주** 옮김

북스토리

사람이 사람다울 수 있는 것은

나는 사람이 사람다울 수 있는 한 가지 요소를 자신의 약점을 인정하는 열등감이라고 생각한다. 무조건 절대적으로 자신이 옳고 강하다는 확신이 있는 사람이 과연 이 세상에 존재할까.

우리 대부분은 이러한 자신의 열등감에 휘둘리며 살아간다. 때로는 일부러 강해 보이려 행동하기도 하고, 반대로 지나치게 의기소침해져서 주눅이 들기도 한다. 나 또한 오랜 세월 그렇게 살아왔다.

그러나 나이가 들어가며 경험이 풍부해진 덕분인지 나는

내 자신의 나약함에 대처하는 방법을 자연스럽게 알게 되었다. 그것은 바로 남들에게 강하게 보이려고 무리해서 노력하지 않아도 된다는 것. 있는 그대로 나의 연약한 점을 인정하고 되도록 그 약점을 나에게 유리하게 바꿔보자는 생각을 한 뒤에야 비로소 열등감에서 벗어날 수 있었다.

나는 사람들이 지닌 저마다의 나약한 점을 어떻게 하면 유리한 쪽으로 바꾸어 활용할 수 있을지에 대한 방법을 이야기하려고 한다. 물론 내가 말하는 방법이 모든 사람들에게 다 적용되어 들어맞을 수는 없을 것이다. 마치 어떤 한약이 누군가에게는 효험이 있지만 다른 사람에게는 똑같은 효과를 주지 못하는 것과 같은 이치라고 생각한다. 사람은 저마다 자신만의 삶의 방식이 있고, 또 그것이 바로 우리의 인생이기도 하니까.

이 책을 읽는 독자 여러분들이 '음, 이렇게 생각할 수도 있구나!' 하고 너그러이 공감해주고 연약한 점을 자신만의 강점으로 유리하게 바꾸어나가는 데 참고할 만한 의견으로 여겨준다면 더없이 기쁠 것 같다.

그래도 한 가지 자부할 수 있는 것은, 지금부터 내가 하는 이야기가 여러분의 앞으로 남은 인생의 어떤 부분에서는 충분히 참고할 만한 가치가 있으며 이전보다는 나 자신을 좀 더 너그러운 잣대로 인정하고 포용할 수 있는 작은 변화를 실감할 수 있을 거란 사실이다.

살아온 세월이라는 것은 결코 무시할 수 없다. 나이를 먹으면서 터득하게 된, 여러분보다 좀 더 연륜이 많은 인생 선배의 이야기가 지금 당신이 마주한 나약함의 고통을 줄여주고 좀 더 평안한 삶을 누리는 데 인생의 자양분이 될 수 있다고 믿기 때문이다.

무심코 만난 이 한 권의 책으로 자신의 부족한 면을 마주할 때 스스로를 이해하고 보듬으며 지금보다 더 자신을 사랑하게 되는 자존감을 회복할 수 있기를 기대한다.

CONTENTS

CHAPTER 1

나를 이해하기
시작하다

1
한번쯤 나에게 깊이 던져야 할 질문

만약 인간을 강자와 약자로 나눈다면,
나는 무기력한 겁쟁이였다.
오늘에 이르기까지 나는 단 한 번도
나 자신에 대해 자신감이나 신념을 갖지 못했기 때문이다.

- 『그림자』 중에서

한 사람의 단점은 곧 장점이 될 수 있고, 장점은 단점이 될 수도 있다는 것이 나의 지론이다. 마치 동전의 양면이 서로 등을 마주대고 있는 것처럼 말이다.

'허세, 허영심'의 문제도 이런 방식으로 생각해보면 의외의 결과를 낳을 때도 있다.

보통 허영이라고 하면 허세를 부리거나 겉치레를 좋아하는 사람을 언급하며 부정적인 이미지로 인식되곤 한다. 자신의 실력을 과장하거나 자신이 가진 역량이나 지위를 남들에게 부풀려 보이는 것을 허세, 허영심이라고 하는데, 그러한 허영심을 너무 노골적으로 드러내서는 곤란하다. 자신을 실력 이상으로 꾸며낸다 해도 남들은 그것을 다 꿰뚫어보기 때문이다. 거기에 속아 넘어가는 사람은 어지간히 착해빠진 어수룩한 사람일 것이다. 대부분의 사람들은 오히려 허세 부리는 사람을 무시하거나, 인간관계에 있어서도 신뢰하지 않는다. 그렇기에 허영심은 마이너스 요소가 되곤 한다.

그렇다면 허영심이나 허세를 전혀 가져서는 안 되는 것일까? 그렇지 않다. 나는 오히려 어느 정도의 허영심을 가지고 허세를 부리라고 말하고 싶다.

자기 주체성, 자기 동일성을 나타내는 말을 '아이덴티티 identity'라고 한다. 이 말은 '나는 누구인가'라는 의미로 사용한다. 안타깝게도 자신의 아이덴티티를 제대로 파악하고 있는 사람은 별로 없다. 특히 20대에 이미 자신의 능력을 파악하고 있는 사람은 거의 없을 것이다. 젊을 때는 자신의 자질이나 가치가 어느 정도인지를 정확히 판단할 수가 없고, 젊기에 자신이 흥미를 느끼고 있는 것을 할 수 있는 기회가 여러 가지로 많기 때문에 자신만의 아이덴티티를 제대로 파악하기 힘들 수도 있다.

그러나 젊다는 것은 무한한 가능성을 가지고 있다는 의미니까 그 가능성에 비추어본다면 오히려 어느 정도의 허영심을 가져도 된다고 생각한다. 아이러니하게도 결국 인간은 허세나 허영심에 의해 앞으로 나아간다는 사실. 그렇다면 허영심을 역이용하는 것도 좋은 방법인 것이다. 이것을 인생을 살아가는 지혜이자 처세술이라 해도 좋다. 여기서 내가 말하는 허영심이란 어린아이들이 부리는 유치한 허세를 의미하는 것이 아니다. 회사 내 직위나 학교에서의 성적 같은 걸 꾸며대는 그런 유치하고 바보 같은 허세가 아닌, 자기 자신에 **대한 허세, 즉 자부심을 가지라는 뜻이다.** 허영심을 좀 더 긍정적인 방향으로 이끌어내 자기 자신에게 자존감을 가진다면 반드시 이루고자 하는 목표에 도달할 수 있을 것이다.

자신에 대한 자존감을 가짐으로써 목표를 달성할 수 있는 좋은 방법이 있다.

첫 번째 방법은, 매일 거울을 보며 "나는 참 괜찮은 사람이야. 나는 반드시 실력 있는 사람이 될 거야" 하고 자기 자신에게 말을 하는 것이다. 그때 자신이 목표하는 바가 있다면 그것을 말해도 좋다. 예를 들어 화가를 꿈꾸는 사람이라면 아주 멋진 그림을 그리겠다거나, 작가 지망생이라면 훌륭한 소설을 쓰겠다, 혹은 영화감독을 꿈꾼다면 감동적인 영화를 만들겠다는 각오를 매일 거울 앞에서 자신에게 말하는 것이다.

그리고 말하는 것에서 그치지 않고 그 꿈을 이뤘을 때의 모습, 요컨대 자신이 가장 이상적이라 생각하는 자신의 모습을 떠올린다. 이것을 매일 하다 보면 반드시 희망하는 대로 될 수 있을 것이다.

앞에서 말한 방법은 아직 자신의 실력이 얼마나 되는지 미처 알기도 전에 하는 행동이므로 일종의 허세임은 틀림없다. 그러나 이것은 타인에 대한 허세가 아닌 자기 자신에 대한 허세이다. 나도 실제로 이 방법을 실천했었고 친한 사람들에게도 권했는데, 대부분 잘 되어가고 있다. 단, 이 방법은 다른 사람에게는 절대로 말해서는 안 되는, 어디까지나 나만의 비밀이라는 것이 핵심이다.

두 번째로 권하고 싶은 방법은 평소 아무리 초라한 행색을 하고 다니더라도, 보너스를 받거나 여유가 좀 생기면 자신이 쓸 수 있는 한도 내에서 가장 좋은 옷을 사 입으라는 것이다. 물론 남들에게 잘 보이기 위해서가 아니라, 멋진 옷을 입었을 때 스스로에 대한 자신감이 생기기 때문에 하는 말이다. 자기 자신에게 자신감이 있으면 타인의 시선을 의식할 필요가 없어져 주뼛거리거나 두리번거리지 않고 당당해질 것이다. 그런 행동으로 인해 자연스레 성격도 그런 사람이 된다.

좋은 복장을 갖춰 입으면 반드시 그 옷에 어울릴 만한 사람이 될 가능성이 매우 높아진다. 그렇다고 해서 빚을 내면서까지 입으라는 말은 아니지만, 조금 투자를 한다는 생각으로 우아한 옷 한 벌쯤은 꼭 마련하라. 자신이 꿈꾸는 인물이 입을 법한 옷을 미리 준비해 입어보는 것도 매우 즐거운 일이다. 그리고 두세 달에 한 번이라도 좋으니 고급 레스토랑에서 근사한 식사를 하는 것도 좋다. 물론 자신의 돈으로. 언젠가 그런 곳에 갈 기회가 왔을 때 너무 당황하지 않기 위해 미리 준비해두는 것이다.

현재 자신의 생활과는 다소 거리가 있는 레스토랑에서 식사를 하거나 근사하고 세련된 옷을 입는 것은 좋은 의미에서의 허영심이라 할 수 있다. 타인에게 자랑하거나 뽐내기 위해서가 아니라 어디까지나 자신을 위함이라는 전제하에서 말이다.

그것을 좋은 허영심이라 하는 이유는 좋은 옷을 입고 근사한 레스토랑에서 식사를 하는 경험을 해본 사람은 자연스럽게 언젠가는 그런 사람이 될 수 있을 거라는 희망을 가질 수 있기 때문이다. 자기 자신이 되고 싶은 사람이 할 만한 경험을 해보는 이러한 연습은 배우가 연기하는 것같이 허황되어 보일 수 있지만 오히려 성공 가능성을 높여준다고 자신 있게 말할 수 있다. 성공한 사람들을 만나서 이야기를 듣다 보면 자신이 되고자 하는 모습을 그리며 그런 사람이 되겠다고 굳게 다짐하고 노력했기 때문에 성공할 수 있었다고 입을 모아 말한다.

물론 회사에 최고급 실크 소재로 된 옷을 입고 가서 온종일 불편하게 지내는 건 웃긴 일이다. 평소 활동적인 복장으로는 얼마든지 자유롭게 입어도 좋지만, 고급스럽고 우아한 옷 한 벌쯤은 가지고 있는 것이 좋다. 평소 라면이나 우동을 먹더라도 한 달에 한 번은 대접받는 식사를 하라는 것이 내가 당부하고 싶은 말이다.

자기 자신에 대한 허세나 허영심을 갖는다는 건 인생의 목표를 달성하기 위해 필요한 하나의 연습 방법이라고도 할 수 있다.

나 자신에게 허세를 부리는 방법을 이용하면 왜 목표를 달성하기가 쉬울까? 이것은 한 가지 일에 정신을 집중시키는 방법이기 때문이다. 요컨대, 일종의 자기최면이라고 할 수 있다. 실제 최면에는 잘 걸리지 않는 사람이라도 좋은 옷을 입고 고급 음식을 먹을 수 있는 '그런 사람이 되고 싶다'는 형태로 최면을 걸면 반드시 효과가 나타난다. 그것이 하나의 에너지를 만들어내기 때문이다.

허영심이라는 것은 부정적인 시각으로 보면 노골적이고 볼썽사납다고 말할 수 있겠지만, '자기 자신에 대한 허세, 허영심'이란 것은 에너지를 만들어내는 원동력이 되기도 한다. 이 세상에 허영심이 없는 사람은 없다. 어떤 성인군자라 할지라도 일종의 자기만족과 허영심이 마음속 절반을 차지하고 있다. 나머지 절반은 아니겠지만.

따라서 아무리 훌륭한 행위라 할지라도 그 속에는 허영심이 포함되어 있기 마련이다. 그렇다고 해서 반대로 훌륭한 행위를 '이건 저 사람의 허영심에서 비롯된 것'이라며 깎아내려서는 안 된다. 마땅히 칭찬받을 만한 선행을 한 사람을 보면서 그것이 그 사람의 허영심에서 비롯되었다고 비난하는 것은 잘못된 생각이다.

한 세기 이전의 소설가들이 주로 가졌던 사상으로 인간의 심리에는 에고이즘이 있으며 어차피 인간이란 이 정도밖에 안 되는 존재라고 생각했던 때가 있었다.

그러나 지금의 사고방식은 다르다. 인간의 마음속에는 허영심도 있고 자기만족도 있지만, 플러스 알파라는 존재가 있다고 생각하고 그쪽으로 눈을 돌리게 된 것이다.

오로지 허영심만으로 가득 찬 사람이 존재하지 않는 것과 마찬가지로 허영심이 전혀 없는 사람 또한 존재하지 않는다.

그만큼 우리 마음에서 허영심을 전부 떨쳐버리는 것은 불가능한 일이다. 그렇다면 그것을 역으로 이용해서 인생의 목표를 달성하기 위해 필요한 에너지로 바꾸면 어떨까 하는 생각을 하게 된 것이다.

허영심이란 단어는 부정적으로 쓰이는 경우가 많은 반면 자부심은 긍정적인 의미를 담고 있다. 그런데 이 둘의 공통점은 절대로 과시해서는 안 된다는 점. 자부심도 허영심도 자기 자신에 대해 가졌을 때 좋은 효과를 일으키는 것이지, 만약 다른 사람에게 허영심이나 자부심을 드러낸다면 스스로 하찮은 존재로 전락해버리는 결과를 낳기도 한다. 타인에게는 최대한 그런 모습을 보이지 않도록 주의하며, 그 대신 혼자 있을 때는 앞서 말한 방법을 마음껏 시도해도 좋다.

'겉으로는 어수룩하게, 속으로는 현명하게'라는 말을 명심할 필요가 있다.

한껏 허세를 부려 자기 자신을 필요 이상으로 똑똑하게 보이려 한다는 건 상대방의 경계심을 자극하는 것이다. 상대방에게 경계심을 갖게 하면 적으로 만들게 될 수도 있다. 언뜻 보기에는 어수룩해 보이더라도 상대방에게 친근함을 주고 경계심을 갖지 않게 하는 것이 중요하다.

가장 잘못된 허세, 허영심이란 다른 사람들에게 그것을 드러내는 것이다. 단, 이것은 개인과 개인 간의 경우일 때를 말한다. 만약 당신이 회사나 조직의 리더일 경우에는 허영심이나 자부심을 작전상 내세워야 할 때가 있다. 부하 직원들에게 일종의 카리스마를 보여주기 위해서 말이다.

나를 잘 따라오면 성공할 거라는 인상을 평소 언행으로 보여주어야 하는 것이다. 이 연기가 진지할수록 진짜가 될 가능성이 커진다. 그것은 바로 자기암시가 주는 효과인데, 거울 대신 부하 직원을 대상으로 한 셈이다.

이와 같이 허세나 허영심이라는 것을 부정적인 시각으로만 보지 말고 인간의 심리, 욕망에 관해 적극적으로 역이용해보는 것은 어떨까. 그 구체적인 방법은 앞에서 말했듯이, 매일 거울 속 자신과 마주 보며 목표를 달성했을 때의 자신의 상황을 상상하는 것이다. 그리고 최대한 당당하게 행동하며 좋은 옷을 입고 좋은 음식을 먹는 경험을 해본다.

이 방법을 실천하다 보면 인생이 좀 더 풍요로워지고 목표를 달성하는 데 도움이 될 거라고 생각한다.

2
나의 본모습, 그리고 또 다른 얼굴

우리는 자신의 다양한 얼굴을 타인이라는 거울에 비추며
인생을 살아간다. A라는 사람의 거울에 비친 내 모습은
다정다감한 사람으로, B라는 사람의 거울에는 우유부단한 사람이라는
이미지로 비춰질지도 모른다.
이렇게 다양한 사람들의 거울에 비친 내 모습을 전부 모아놓으면
그것이 내 모습이 된다. 그런데 그 모습이 진짜 내 모습일까?
사실은 본인조차도 진정한 자신의 모습에 대해
모르는 부분이 있다. 타인이라는 거울에 비친 자신의 모습은
진짜 내가 아니라고,
외치고 싶어지는 순간이 누구나 분명히 있을 것이다.

- 『거울을 보면』 중에서

복잡 다양한 인간이고 싶다

인간은 누구나 사회 속에서 살아가기 위해 일종의 가면을 쓰고 있다. 학교 선생님은 교사라는 가면을 쓰고, 배우는 본래의 모습 외에 한 걸음이라도 대중 앞에 서게 되면 배우라는 가면을 쓰고 미소를 짓는다. 가면이라고 해서 무조건 남들을 교묘히 속이기 위해 쓰는 가식적인 모습을 말하는 것이 아니다. 사람은 저마다 자신의 직업상 필요한 얼굴을 가져야 한다는 것을 말하는 것이다.

예전에 〈토크 앤 토크〉라는 인터뷰 프로그램을 한 적이 있었는데, 그때 나는 인터뷰를 할 때 내 얼굴에 희로애락의 감정이 그대로 다 드러난다는 것을 알고 깜짝 놀랐다. 초대 손님의 말이 거슬렸는지 금세 얼굴에 불편한 기색이 나타났던 것이다. 물론 나의 인격 수양이 부족해서겠지만. 반대로 상대방의 말에 감동을 받으면 얼굴이 붉어지기도 하고, 고개가 숙여질 만큼 존경할 만한 상대를 만나면 저절로 말씨까지 겸손해지기도 한다.

그러나 이런 나와 달리 프로 아나운서들은 감정을 나타내는 표정의 패턴이 어느 정도 정해져 있어서 소위 말하는 방송용 얼굴을 하고 있다. 나야 어차피 아마추어이니까 얼굴빛이 변하는 것도 일종의 표현 방법이라고 생각했지만, 역시 직업상의 얼굴과는 달랐다.

이렇듯 사람이 직업을 가지고 사회생활에 적응하기 위해서는 저절로 가면을 쓰게 된다. 정신의학자 융Carl Gustav Jung은 이것을 가리켜 '페르소나persona'라고 말했다. 가면을 쓴 그 모습만이 자신을 나타내는 게 아니라 진정한 자아는 다른 곳에 있음을 의미한다.

여기 참되고 성실하다고 평가받는 대학교수가 있다고 하자. 자타공인 바른 생활의 그가 밤마다 다른 사람의 돈을 훔치는 꿈을 꾼다면? 실제 생활과는 전혀 다른 꿈을 꾸는 일은 얼마든지 있을 수 있다. 이것은 단순한 꿈이라기보다 억압되어 있는 의식이 꿈속에서 표출되는 것인데, 프로이트^{Sigmund Freud}는 이것을 '심층 심리'라는 용어로 설명했다.

다시 말해, 무의식 속에 억압된 것이 꿈속에서 나타난다. 이것은 우리가 사회생활을 영위하기 위해 쓰는 가면 때문이라고도 할 수 있다. **페르소나는 의식적인 자아이다. 이 페르소나와 무의식적인 자아가 합쳐진 것이 바로 진정한 자신의 모습이며, 어느 한쪽에 비중을 두게 되면 점점 거기서 균열이 생기고 불균형이 일어나 뒤틀린 인격을 가지게 될 가능성이 크다.** 그러다 극단적인 상황이 되면 우울증이나 노이로제에 걸리게 되는 것이다.

가면을 이야기할 때 우리가 한 가지 더 생각해야 할 것은 요즘 세상에는 한 사람이 다양한 얼굴을 가지려는 경향이 있다는 점이다. 다양한 일에 관심을 갖고 그럴 때마다 직장을 바꾸는 것을 모라토리엄 인간이네, 피터팬 증후군이네 하는 사람들이 있다.

정신분석학자 오코노기 게이고 선생은 성인이 되었으면서

도 자신의 사회적 책무를 미루고 어른이 되고 싶어하지 않는 유예 인간을 '모라토리엄 인간'이라고 정의하였는데, 이는 진정한 자신의 모습을 발견하지 못한 사람이라고 한다. 그러면서 일종의 현대병인 것처럼 불린다.

그러나 나는 **인간에게는 마땅히 다양한 요소가 있어야 한다고 생각한다.** 꽤 오랜 기간, 인간은 한 가지 요소를 가진 한 가지 얼굴로 살아가기를 강요당하지 않았는가.

대부분의 사람들이 어떤 사람을 처음 만났을 때 '저 사람은 정직한 사람' '저 사람은 성실히 일하는 사람'이라는 꼬리표를 붙여두고 난 후에야 안심하고 교제하는 것 같다. 마치 의사들이 내과, 외과, 치과의사로 분류되어 있어서 사람들이 안심하고 병원에 갈 수 있는 것과 마찬가지로 우리도 주변 사람들에게 이러한 꼬리표를 붙여놓은 후 안심하는 것인데, 이것만큼 마음 한구석이 쓸쓸한 일도 없다.

그렇게 사람을 단순하게 나눌 수가 있을까?

최근 젊은 세대들은 인간이 어느 하나의 얼굴만 가져야 하는 것은 아니라는 의식이 만연한 것 같다. 요컨대, **하나의 얼굴에 만족할 만큼 인간이 그리 단순한 존재가 아니라고 생각**

하는 것이다. 자기 자신과 자신의 삶의 방식 등을 단순하게 한 가지로만 국한하고 싶어하지 않는 사고가 젊은 사람들 사이에서 점점 더 확산되고 있는 것에 대해 많은 사람들은 부정적으로 생각하지만, 나는 이미 '평생직장'이라는 개념이 깨어진 지 오래고, 직업도 자주 바뀌는 세태 속에서 복잡 다양한 인간이고자 하는 의식이 조금씩 싹트고 있는 것 같아 바람직하다고 생각한다.

나는 복잡 다양한 '모라토리엄 인간'이다. 직업이 뭐냐는 질문에는 소설가라고 대답하지만, 사실 나는 연극 극단의 단장이기도 하고 배우로서 연기를 할 때도 있으며 그 외에 텔레비전에서 사회자 역할을 할 때도 있다.

작가로서 순문학을 쓸 때와 유머소설이나 고리안이라는 필명으로 소설을 쓸 때의 내 얼굴은 모두 다르다. 『침묵』을 쓴 엔도 슈사쿠가 왜 『굼벵이』 시리즈를 쓰냐는 말을 듣기도 한다. 강연회에서는 나를 마치 '지킬 박사와 하이드 씨'라고 생각했는지 이렇게 질문하는 사람도 있다.

"선생님, 혹시 자아가 분열되어 있는 것 아닙니까?"라든가, "선생님은 어느 쪽이 진짜 모습입니까?"라고.

이런 질문의 근저에는 왠지 인간은 하나의 일관된 모습이 아니면 신뢰할 수 없다는 식의 발상이 깔려 있는 듯하다. 나는 그런 사람들에게 반대로 이렇게 묻는다.

"당신은 회사에서 일할 때와 친구를 만나 밥 먹고 술 마실 때의 모습이 똑같은가요?" 물론, 동일 인격의 인물임은 분명한 사실이겠지만.

나도 『침묵』 같은 작품을 쓸 때는 오직 나 자신만 생각하기 때문에 말도 안 되게 심각한 얼굴을 하지만, 필명으로 쓰는 글, 즉 힘을 빼도 되는 글을 쓸 때는 독자를 의식하기 때문에 다른 얼굴을 하게 된다. 그것은 마치 당신이 회사에서 일을 하는 얼굴과 친구를 만났을 때의 얼굴을 달리하는 것과 같은 이치다.

내가 가진 요소 중에는 모든 사람들과 다 잘 지내고 싶고 여러 사람들과 소통을 하고 싶어하는 얼굴이 있다. 그 얼굴이 가벼운 이야기를 쓰게 하거나 연극 극단을 운영하게 하고 혹은 사교댄스를 추게 하는 것이다. 그것과는 별개로 혼자 서재에 틀어박혀서 나 혼자만의 문제에 빠져 있는 얼굴도 있다.

이렇게 서로 다른 얼굴이 몇 가지 있어도 인생에는 전혀 지장도 없거니와, 오히려 다양한 얼굴을 갖는 것이 살아가는 재미라고 생각한다.

이제까지 우리 사회는 고정관념처럼 하나의 얼굴을 일관되게 가지고 생활하지 않으면 어쩐지 이상한 사람인 것처럼 여기곤 했다.

어느 대학교수가 삼류 연애 소설을 발표하여 큰 화제를 불러일으킨 적이 있었다. 그러한 사실에 많은 사람들은 "어떻게 대학교수라는 사람이 그런 소설을 쓸 수 있지" 하며 혀를 끌끌 찼다. 대학교수가 쓸 만한 소설이 아니라는 것이 대다수 사람들의 생각이었을 것이다.

그 대학교수 또한 처음에는 장난삼아 발표한 소설이 나중에는 스스로 걷잡을 수 없이 사람들의 지탄의 대상이 될 줄 예상이나 했겠는가.

그 사건을 보고 나는 대부분의 사람들이 그가 대학교수다운 얼굴을 가지지 않았다는 데 대한 실망과 분노를 느꼈다고 생각했다. 학생들을 가르칠 때의 얼굴과, 학교를 벗어나 일상으로 돌아갔을 때의 모습이 다른 데 대해 느꼈던 배신감은 아니었을까.

반대로 학생도 가면을 쓴다. 즉 학교 선생님의 관점에서 봤을 때 좋은 학생, 사회적 시선에서 봤을 때 좋은 학생이라는 이상적인 페르소나가 있다는 것이다. 그것에 가까워졌을 때 성실한 학생이라는 소리를 듣는다.

이와 같이 대부분의 사람들은 하나의 꼬리표, 하나의 얼굴을 가져야 한다고 생각하는 것 같다. 그러나 이것은 인간을 매우 단순하게 만드는 사고방식이라고 생각한다. 적어도 나는 내 안에 두 개의 얼굴이 있어서 각각의 얼굴이 대립하기도 하고 서로 끌어당기기도 하는 긴장감이 있기 때문에 삶의 충실감을 느낄 때가 있다.

요즘 사람들은 하나의 직장이나 일에 얽매이는 것을 싫어한다. 이것은 살아가는 방식이 한 가지로 한정되거나 한 가지 얼굴을 가져야 한다는 것에 대한 무의식적인 두려움이 작용한 것 같다.

때로는 살아가는 데 있어서나 일상생활에서 한 가지 얼굴을 하는 게 더 편할 때도 있다. 그러나 정신의학은 우리에게 새로운 사실을 알려준다. 사회생활을 영위하는 가운데, 한 가지 가면만 쓰게 되면 무언가를 억압하게 되어서, 이상한 꿈을 꾸거나 심지어는 정신적인 병을 얻기도 한다는 것이다.

융이나 에릭슨E. H. Erikson 등의 책이 현대인에게도 많이 읽히는 이유는 인간의 본모습이란 무엇인지, 자신이 지금 가지고 있는 얼굴이 진정한 내가 맞는지 하는 의문에서 비롯되었을 거라 생각한다. 그러니 다양한 얼굴을 갖는다는 것을 두려워하지 말라고 말하고 싶다.

물론 일상생활 속에서는 한 가지 얼굴을 잘 지켜야만 한다. 그러나 인생 속에서는 다양한 얼굴을 가져도 좋다. 그것이 삶을 더 풍성하게 만들어줄 것이다.

앞서 말했지만 나야말로 전형적인 모라토리엄 인간이다. 직업은 작가라고 하지만, 그게 나의 전부라고는 생각하지 않는다. 일은 나의 일부분에 불과하다. 일을 위해 내가 살아가는 것이 아니라 나를 위해 일이 존재하는 것이다.

누구나 한 번쯤 사회적 규범에 따라 내 직업에 맞는 한 가지 얼굴만을 고집하며 살아가는 것이 과연 옳은 것인가 하고 생각한 적이 있을 것이다.

단 한 번뿐인 인생이다. 이 사람은 작가, 이 사람은 의사, 이 사람은 샐러리맨이라는 사회적 규범에 따라 한 가지 얼굴만으로 인생을 살아간다면 얼마나 따분하겠는가.

많은 얼굴을 가지고 있다는 건 부끄러운 게 아니라고 생각한다. 그리고 다양한 얼굴을 가지고 있는 것을 가리켜 저 사람은 가면을 썼다느니, 저 사람은 종잡을 수 없는 사람이라느니 하는 사고방식은 버리자. 그것은 자신을 단순하게 만들 뿐이니까.

이제는 자신을 한 가지 틀로 규정짓는 것을 벗어난 시대가 된 것 같다. 회사원이면서 자신의 취미를 특기로 살려 소설을 쓰기도 하는 등 다른 활동을 하는 사람들이 늘고 있다. 과거에는 회사에 다니면서 다른 일을 병행한다는 것이 허용되지 않았는데, 요즘에는 회사원이지만 때론 모험가이거나 은행원이면서 소설가인 사람들이 있으니, 참 좋은 시대인 것 같다.

젊은 사람들의 특권은 실패를 두려워하지 않고 다양한 얼굴을 가지려고 도전하는 것이라고 생각한다. 나이 든 사람들도 다양한 얼굴을 가지고 여러 가지 일을 하려 애쓰는데, 젊을 때부터 한 가지만 고집하며 한 가지 가면만으로 살아가는 사람은 왠지 안쓰럽다는 생각이 들기도 한다.

한편 요즘에는 실력 있는 학자들이 학업 연구뿐 아니라 매스컴에 나오는 것을 반기는 추세로 많이 바뀌었지만, 과거 나의 대학 시절 스승이셨던 교수님은 당시 텔레비전에 자주 출연한다는 이유로 학자들 사이에서 무시를 당했었다. 대학 교수가 해야 할 연구는 소홀히 하고 TV에만 나온다며 매스컴 출연이 가당치도 않다고 여기는 분위기였기 때문이다. 그때 나는 그게 왜 무시를 당할 일인지 의아하게 생각했다. 만약 교수님이 TV 출연 때문에 자신의 연구를 게을리하고 연구논문을 쓰지 못했다면 그런 반응이 당연할지 모르겠지만, 교수님은 TV 출연과는 별개로 훌륭한 학문적 업적을 남기셨다. 오히려 TV 출연도 하지 못하는 다른 교수들이 자신의 역량 부족을 한탄했어야 하는 게 아닐까? 하지만 당시 대부분의 사람들은 학자가 TV에나 나온다며, 학문적 업적을 제쳐두고 다른 사람을 비난하는 경향이 있어 안타깝기 그지없었다.

이와 같이 하나의 얼굴, 하나의 색깔로 인간을 판단하거나 규정짓지 않으면 사회는 불안해한다. 일례로 학생이 회사원이 되면 갑자기 흰색 와이셔츠를 입는다. 이 사람의 성실하고, 단정하다는 의미의 색깔은 흰색 와이셔츠인 것이다. 하지만 그런 성실함을 대변하는 색이 있을 리가 없다.

파란색을 입든 노란색을 입든, 일만 성실히 잘하면 되는 것 아닌가? 파란색을 입는다고 해서 불성실하다는 것인가 하는 의문은 들지만, 그것을 입 밖에 꺼내지는 못한다. 지금의 사회통념이 규정하고 있는 것은 근무할 때는 단정해 보이는 흰색을 입으라는 식이기 때문이다.

그러나 조직은 규정이 없으면 성립되지 않는 부분도 있다. 그리고 모든 사람이 흰색 와이셔츠를 입는 것으로, 일종의 공동체 의식을 갖게 하려는 의도가 깔린 것일지도 모른다. 그렇다면 사회생활을 하면서 본의 아니게 일하기 위해 가면을 쓰는 것이 자신의 진정한 모습이라고 생각하는가? 그렇지 않다. 그것은 '자기(自己)'이지만 '자신(自身)'이 아니기 때문이다. '자기'와 자기 '자신'은 구별해야 한다. 자기는 자신의 일부분이다. 요컨대, 자기 자신은 자기를 포함한 크고 전체적인 의미이다.

따라서 의식적으로 가면을 쓰고 있는 자신을 부정해서는 안 된다. 그 모습이 자신의 전부가 아니라는 것도 분명한 사실이다. 가면을 쓰고 있는 자기는 자신의 일부분이라고 생각하면 된다. 이것을 잘못 받아들여서는 안 된다. 현재 직업을 위해 가면을 쓴 모습이 진정한 내가 아니라며 회사를 뛰쳐나오거나 일을 그만두는 것은 어찌 보면 어리석은 행동이다.

직업이라고 하는 한 가지 얼굴로 자신을 한정 짓지 말고, 또 다른 자신을 살려나가자는 것이 내 생각이다.

작가가 나의 진정한 자기가 아니라는 생각은 해본 적은 없지만, 작가라는 부분은 나의 일부분에 지나지 않는다고 생각한다. 그러니 인생을 살아가기 위해서는 그 나머지 부분의 자신을 소중히 여겨야 한다고 말하고 싶다. 다양한 얼굴을 가지라고 한 것도 이런 의미에서 한 말이다.

많은 사람들이 자신이 가진 재능이 하나밖에 없다거나 거의 없다고 단정 짓는 것을 볼 때 참으로 안타깝다. 재능이라는 측면에서 보자면 자신의 재능이 꼭 한 가지로 한정된다고는 볼 수 없다.

내가 아마추어 연극 극단을 운영하며 알게 된 사실이 있다. 우리 극단의 단원들은 아마추어라 각기 다른 다양한 직업들을 가지고 있는데, 그중에는 전문가 못지않게 진짜 배우로서의 재능을 가지고 있는 사람도 몇몇 있다. 다만 그 사람의 인생이 다른 직업을 선택한 것뿐이다. 만약 배우가 됐더라면 분명히 아주 인기 있는 배우가 됐을 터인데, 아쉽게도 그의 우연한 선택과 환경이 그에게 다른 가면을 선사한 것이다. 그래도 그들의 그냥 묻힐 뻔한 재능과 무의식적인 욕구를 우리 극단에 와서 뒤늦게나마 발휘하고 있으니 어쩌면 다행이라고 생각한다. 이렇듯 인간이란 그저 단순하게 규정지을 수 없는 존재라는 사실을 다시금 절실히 깨닫게 되었다.

3
내 안의 겁쟁이와 사이좋게

인간이 모두 아름답고 강한 존재인 것은 아니다.
타고난 성격이 소심하거나 나약한 사람도 있고,
걸핏하면 잘 우는 사람도 있다.
하지만 그런 소심하고 나약한 자신의 약점을 등에 지고도
전력을 다해 아름답게 살아가고자 하는 모습은
얼마나 훌륭한가.

– 『착한 바보』 중에서

나를 바라보는 또 다른 나

여행을 하거나 등산을 하다 보면 문득 이 풍경을 어디선가 본 것 같다는 느낌이 들 때가 있다. 곰곰이 생각해보면 예전 꿈속에서 본 풍경과 똑같아 깜짝 놀라기도 한다.

우리는 이따금 앞으로 일어날 법한 일이나 미래에 보게 될 풍경을 꿈속에서 보게 될 때가 있다. 나는 이런 꿈에 대해 심리학적인 실험을 토대로 쓴 영국의 어느 심리학자의 책을 읽은 적이 있다. 그는 자신이 꾼 꿈의 내용을 기록해두는 것이 좋다고 하였다. 우리는 꿈을 자주 꾸긴 하지만 아침이 되면 그 내용을 까맣게 잊어버릴 때가 많다. 실제로 꿈을 기억해

내기는 어려운 일이다. 그래서 머리맡에 수첩이나 노트를 두고, 잠에서 깬 순간 꿈을 꾼 내용을 적어두기를 습관화하면 이미지도 고정시키기 쉽고 더 잘 기억하게 된다. 이 습관을 계속 유지하다 보면 앞에서 말했듯이 꿈에서 본 광경과 똑같은 것을 현실에서도 보게 되는 일이 생긴다.

또한 이 심리학자는 인간의 감각에는 시각, 청각, 후각, 미각, 촉각의 이 오감 외에 제 육감이라는 것이 존재하는데, 그 육감이 꿈속에서 작용한다는 설을 내세우고 있다. 이것은 점술이나 오컬트 같은 이야기가 아니라 실험에 대한 결과 보고이다.

그 책을 읽고 난 후 나도 호기심에 계속 기억하고 있는 꿈의 내용을 일기처럼 써보았다. 그랬더니 놀랍게도 꿈속의 광경을 실제로 보게 되는 경험을 하게 되었다.

야쓰가다케(야마나시 현과 나가노 현에 걸쳐 있는 산맥/옮긴이)의 아카다케라는 산을 올랐을 때의 일이다. 아직 눈이 덜 녹은 계곡을 걷고 있었는데, 그때 건너편에서 두 명의 남성이 다가와 내 옆을 스쳐 지나갔다. 그 순간, 나는 흠칫 놀랐다. 예전에 꿈속에서 똑같은 장면을 본 적이 있다는 것이 떠올랐기 때문이다. 주변 경치도, 지나간 그 남성들도 꿈속에서와 똑같았다. 그때 나는 정말 이렇게 신기한 일이 실제로 일어나는구나 싶어 놀라움을 금치 못하며 다시 한 번 꿈에 대해서 깊이 생각해보게 되었다.

과거만 해도 꿈이라고 하는 건 자신의 과거에 있었던 기억에서 빚어지는 것이라 여겨졌었다. 하지만 꿈에 대해 심각하게 생각해보기로 하고 여러 가지 학설에 대해 깊게 공부하였다.

꿈은 크게 두 가지로 해석할 수 있다.

예를 들어, A라고 하는 친구에게 불쾌한 감정을 느낀 사건이 있었다고 하면 이삼일이 지나서 A가 구멍에 빠지는 꿈을 꾼다. 꿈속에서 고소하다는 기분이 들었다면 이전에 A에 대해 가지고 있던 안 좋은 감정의 표출이라는 것이 하나의 해석이다.

또 다른 하나는 프로이트식 해석이다. 프로이트는 꿈속에 등장하는 모든 사물과 행동이 성욕과 관련된 것이라 분석하였다. 이것이 '리비도libido(인간의 근원적 욕망을 가리키며, 프로이트는 특히 성욕을 강조했다)'라는 것이다. 프로이트는 꿈의 내용을 전부 성적인 것으로 환원시켜 거기서부터 자신의 의지로 억압하고 있는 성충동을 해명하려고 했다.

솔직히 말해 나는 이 프로이트의 학설—꿈의 내용은 성적인 것의 상징이다—에는 전적으로 수긍할 수 없었다. 그리고 시간이 흐르면서 프로이트 이후의 여러 정신분석학자들이 꿈의 내용을 반드시 성적인 것으로만 해석할 수는 없다고 주장하기 시작했다. 프로이트의 학설이 어느 정도 일리는 있었지만, 꿈에는 훨씬 다양한 요소들이 내재되어 있어서 함부로 해석해서는 안 된다는 사실을 알게 된 것이다.

나의 경험에서도 알 수 있듯이, 미래에 만나게 될 사람이나 풍경을 보는 일이 흔히 있을 수 있다는 것은 분명한 사실이다. 하지만 그렇다고 해서 꿈이 미래를 예언한다고까지 이야기를 확대시키는 것은 옳지 않다. 그렇게까지 꿈에 의지한다는 것은 자신의 의지를 포기한다는 것과 마찬가지이기 때문이다.

날이 더워져 쉽게 잠들지 못하는 계절이 되면 유난히 나는 꿈을 자주 꾸게 된다. 꿈 때문에 잠에서 깼다가 물 한 잔을 마시고 다시 잠을 청한다 해도 그만이지만, 사실은 사람들이 대수롭지 않게 여기는 꿈에도 인간의 근원에 직면한 내용이 있다. 꿈에 관심이 있다면 프로이트나 융의 책을 읽어볼 것을 권하고 싶다. 한여름에는 추리소설이나 공포물을 찾는 사람이 많지만 이 기회를 통해 무심코 넘겨버리고 만 자신의 꿈에 대해 진지하게 생각해보는 계기를 가져보는 것은 어떨까.

융의 책을 한번 읽어보라. 침대에 누워서 읽기에도 재미있는 책이다. 그의 책이 재미있게 읽히는 이유는, 꿈이라는 것을 매우 중요하게 생각해 꿈을 통해 우리가 의식하지 못했던 점을 많이 가르쳐주기 때문이다.

융의 이론에 따르면 우리에게는 의식의 세계와 무의식의 세계가 있다. 이 무의식의 세계가 꿈에 나타나는 것이다.

의식하고 있는 상태라는 것은 자신의 진짜 모습을 보이고 싶어하지 않는다는 것이다. 앞서 이야기했던 가면, 즉 페르소나다. 사람은 누구나 많든 적든 가면을 쓰고 있다. 가면을 쓰고 있을 때는 자신에 대해서나 타인에 대해서도 의식적인 거짓말을 한다. 물론 그렇다고 해서 모든 면에서 거짓말을 한다는 것은 아니다.

그 이면에는 자기 자신조차도 인식하지 못하는 부분, 또 하나의 자신이 있다. 융은 배꼽을 중심으로 배꼽 위의 부분, 즉 의식하고 있는 자신을 '자아'라고 말했다. 그리고 배꼽 아래를 '무의식'이라고 하며 그 '무의식'과 '자아'가 합쳐져서 '진정한 자신'을 형성한다고 해석하고 있다.

원을 그려보면 알 수 있다. 가운데를 구분해서 위쪽은 일상생활과 사회생활을 영위하고 있는 '자아', 아래쪽은 '무의식'의 세계다. '무의식'은 어떤 때 나타나는가 하면 담배를 피우거나 귀를 파는 행동 등을 할 때라고 하는데, 가장 많이 나타나는 것은 역시 '꿈속'에서다.

자타공인 성실한 사람으로 인정받는 남자가 꿈속에서는 불건전한 행동을 한다. 평소에는 그런 생각을 전혀 하지 않는다고 자신을 타이르면서도 야릇한 꿈을 꾸기도 한다. 이것은 평상시에 억압되어 있는 것이 '무의식'의 세계인 꿈에 나타남으로써 정신적인 균형을 이루고 있는 것이다. 일상생활에서는 할 수 없는 일을 꿈에서 하기 때문에 정신적인 문제를 일으키지 않을 수 있다.

따라서 우리가 꾸는 꿈이 아무리 불쾌한 꿈이라 해도, 아니 오히려 일상생활과 반대의 꿈일수록 결코 부끄러워할 필요가 없다. 그런 꿈을 꾸기 때문에 정신 건강이 무너지지 않을 수 있는 것이다.

사람에게는 한 가지 면만 있는 것은 아니다. 또 다른 면이 존재하게 마련이다. 일상생활에서는 A면밖에 나타내지 못하지만, B면은 잠을 자는 동안 꿈을 통해 해방되기 때문에 자신의 정신 건강이 균형을 유지할 수 있게 되는 셈이다.

융의 이야기를 조금 더 하자면, 정신의학자였던 그는 다양한 정신적 문제를 안고 있는 환자들을 많이 만났는데 그러다 보니 사람들의 꿈속에 어떤 공통된 이미지가 있다는 것을 발견하게 되었다. 그것은 바로 꿈속에 할아버지, 또는 소년, 달, 대지(大地), 어머니 같은 존재들이 등장한다는 점이었다. 물론 사람에 따라, 국가에 따라 구체적인 형태는 다르지만 이미지는 공통적이었다.

융은 그러한 공통된 이미지를 '원형(元型)'이라고 일컫고, 인간에게는 자신이 자라온 환경이나 자신의 성격 이외에 오랜 기간 동안 인간의 역사에서 계승되어온 '원형' 의식이 있다고 주장했다.

게다가 신기하게도 세계 각국의 신화를 살펴보면 꿈에 등장하는 '원형'과 비슷한 이미지가 있으며, 이는 곧 신화와 꿈에는 어떤 큰 공통점이 있음을 의미한다.

그 일례로, 융 학파의 학자인 가와이 하야오 선생이 등교를 거부하는 소년을 진찰했던 사례를 읽은 적이 있다.

그 소년은 깊은 늪에 빨려 들어가는 듯한 꿈을 자주 꾸는데, 빠져나오려고 하면 할수록 점점 더 깊이 빨려 들어가 나오지 못하는 늪에 빠진 꿈을 꾼다는 것이다. 이 늪이라는 것은 어머니, 즉 '원형'이다. 어머니가 매일 "학교 가라" "공부해라" 하며 잔소리를 자주 했다고 한다. 어머니가 자신을 사랑해서 하는 말이라는 것은 잘 알지만, 결국 그것은 자신을 구속하게 되었다. 그 결과 몸을 움직일 수 없게 되었다는 것을 늪이라는 형태로 꿈을 꾸게 된 것이다.

이 소년에게는 어머니가 늪의 형태로 나타났지만, 일반적으로 어머니라는 존재는 자식을 매우 사랑하면서도, 그와 동시에 독점하려고 하고 타인에게 빼앗기지 않으려고 하는 무서운 면도 있다. 일본의 신화에는 자기 자식이 너무 사랑스러운 나머지 자식을 잡아먹었다고 하는 이야기가 전해져 내려오기도 하는데, 굳이 그런 무시무시한 전설을 말하지 않아도 신화와 꿈 사이에는 밀접한 관계가 있다.

실은 남자와 여자 사이에도 이 '원형' 의식이 깔려 있다.

융은 남자 입장에서 보는 이상적인 여성상을 '아니마 anima'라고 부르며 여자들이 가지고 있는 이상적인 남성상을 '아니무스 animus'라고 이름 붙였다. 즉, 남자든 여자든 이성에 대한 원형적인 이미지가 있다는 것이다. 실제의 모습이나 형태는 환경에 따라 다르겠지만 그 원형을 남녀 모두 평생 가지고 있다고 한다.

우리가 연애를 할 때는 상대방의 모습에 반한 것이 아니라 이상적인 모습, 즉 아니마나 아니무스에 상대방을 오버랩해서 생각하는 것이다. 하지만 이상적인 모습과 실제 모습은 다를 수밖에 없다. 그렇다고 해서 금방 헤어지는 것이 아니라, 원형은 항상 마음속에 있기 때문에 가끔씩 보이는 상대방의 이상적인 모습에서 '원형'의 이미지를 발견하게 됨으로써 쉽게 헤어지지는 않는다.

이렇게 꿈에 조금만 더 호기심을 갖는다면, 연애에 대해서나 먼 옛날이야기로만 여겼던 신화에 대해서도 흥미를 가질 수가 있다. 또한 자신이 왜 그런 꿈을 꾸는지 좀 더 깊이 생각해보면, 의식 세계에 살고 있는 자신의 모습 외에 무의식 세계에 있는 숨겨진 자신을 발견하는 계기를 만나게 될 수도 있다.

4
어떻게 살아야 할까

청춘에겐 체력이 있고 아름다움이 있으며 매력이 있다.
그러나 청춘을 지나온 자에게는 체력도 아름다움도 매력도
전부 사라지고 없다. 사랑받지 않는 것,
추하게 여겨진다는 것은 얼마나 쓸쓸하고 고독한 일인가······.

– 『발길 닿는 대로, 마음 가는 대로』 중에서

내 본업은 소설가이지만, 실은 다양한 일을 하며 지낸다. 사교댄스를 배우러 가기도 하고 간단한 수묵화를 배우기도 하며, 클래식 음악회를 주최하거나 합창단 활동도 하고 있다. 그중에서 가장 많은 사람들이 참가하는 것은 바로 아마추어 연극 극단이다. 아마추어 극단 중에서는 아마도 일본에서 가장 큰 규모일 것이다.

　10년 전 공연 때는 단원 수도 적고 별로 알려지지도 않아서 신주쿠의 조그만 극장을 빌려서 했었는데, 올해는 10주년을 맞이해 국립극장에서 공연을 했다. 3월 2일, 단 하루 공연이었는데, 티켓이 날개 돋친 듯 팔렸다. 10년 전에는 우리 극단을 아는 사람이 아무도 없었지만 지금은 대기업 입사 시험에까지 나올 정도로 유명해졌다.

물론 아마추어 극단이다 보니 모두 본업이 따로 있다. 회사원, 가정주부, 의사, 프리랜서 등 저마다 각자의 일이 있는 사람들이다. 그래서 나는 단원들에게 극단의 신조를 정해주었다.

"생활 속에서 인생을!"

생활과 인생은 서로 다르다. 가정이나 회사는 생활의 장이라 할 수 있지만, 극단은 바로 당신의 인생을 담은 장이라는 의미에서다.

인간의 마음속에는 누구나 무대에 서보고 싶은 마음이 있을 것이다. 그런 이야기를 하면, 쑥스러워하거나 자기는 그런 주제가 못 된다느니 하는 말들을 하지만, 사실은 무대에 서서 다른 사람이 되어보고 싶다는 소망은 누구에게나 있을 거라고 생각한다.

매일 회사에서 상사에게 혼나는 회사원도, 온종일 부엌에서 바쁘게 움직이는 주부들도 이때만큼은 무대에 서서 베르 사이유 궁전을 배경으로 백작이 되거나 왕비로 변신할 수 있다. 게다가 늘 입는 옷이 아닌 전혀 다른 시대의 복장을 하고 무대에 서서 관객들의 박수갈채를 받자는 것이 바로 우리 극단의 취지이다.

공연을 앞두고 연습을 시작하면 단원들은 일을 마치고 서둘러 연습장을 찾아온다. 그러곤 다들 최선을 다해 배우고 연습한다. 그러는 동안 인생에 충만한 감정이 생겨서, 피곤하고 지칠 법도 한데 다들 즐겁고 기쁘게 연습하며 공연을 기다린다. 공연 당일이 되면 너무 긴장한 나머지 대사를 까먹는 등 실력을 제대로 발휘하지 못하는 경우도 간혹 있지만 오히려 관객들은 그런 장면에서 크게 재미있어한다. 그거면 된 거다. 다들 하고 싶은 일을 즐기면서 준비했고, 어차피 우리는 아마추어들이 아닌가.

공연이 끝난 후, 모두 모인 뒤풀이 자리에서 다들 이 공연을 준비하면서 얼마나 즐거웠는지를 이야기하고, 그렇기에 다른 사람들도 이 즐거움을 알 수 있게 하고 싶다며 새로운 단원을 또 모집하기에 이른다. 그래서 우리 극단의 단원들은 매년 새로운 얼굴들이 가득하다.

나를 숨 쉬게 하는 것

누군가 내게 프로 배우도 아닌 아마추어 배우들을 데리고 왜 이런 공연을 하느냐고 묻는다면, 나는 정해진 틀 속에 갇혀 있는 사람들의 답답함을 풀어주고 싶어서라고 대답할 것이다. 공무원, 회사원, 학생, 주부…… 누구나 자신의 정해진 하나의 틀 안에서 살아가야 한다. 그러다 보면 점점 자신의 틀이 답답하게 느껴져 그 틀에서 벗어나 독자적으로 행동하고 싶을 때가 있을 것이다. 그러나 거기서 벗어나면 또 다른 고생이 기다리고 있다는 것을 알고 있기에, 그래서 많은 사람들이 지레 겁을 먹고 욕망을 억누르며 참고 살아가는 것이 아닐까.

그런 스트레스를 술이니 도박이니 하는 것들로 해소하려고 하는 사람들의 마음도 이해하지 못하는 것은 아니다. 하지만 내 경험상으로는 아마추어 연극과 노래가 자신을 망가뜨리지 않고 건전하게 스트레스를 푸는 가장 좋은 해소 방법인 것 같다. 왜냐하면 연극과 노래를 통해 완전히 다른 사람이 될 수 있기 때문이다.

일부 사람들은 나이 든 사람들이 노래하고 춤추는 것을 무시하고 안 좋게 보는 경향이 있다. 내가 만든 음치 합창단 콜파파스의 공연 당일, 나는 어느 단원이 자신의 딸에게 공연 이야기를 하지 못했다는 말을 들었다. 이유를 물었더니 중학생인 딸이 창피하니까 제발 합창단 같은 데서 노래하지 말라며 울면서 부탁을 했다는 것이다. 가정에서는 근엄한 얼굴을 하고 있던 아버지가 춤을 추고 노래를 부르는 모습이 낯설고 추하다고 생각한 모양이다.

그런데 미국만 하더라도 남성 노인들로 구성된 합창단을 많이 볼 수 있다. 그들의 공연에서 가족으로 보이는 사람들이 박수를 치며 공연을 관람하는 모습을 보고 부러움을 느낀 적도 있다. 심지어 이런 말을 하는 나도 연극을 한다고 선배에게 불려가서 '경박한 행동은 하지 말라'고 한바탕 설교를 들은 적도 있었다.

어느 정도 나이가 되면 연극이나 합창단에서 노래를 하는 데에도 많은 제약이 따르는 것 같다. 나잇값을 하라는 둥 경박해 보인다는 둥, 주변의 질책을 받기 일쑤다. 사실 나는 연극을 하는 것이나 골프를 치는 것이 그렇게 다르지 않다고 생각한다. 학교에서 수업이 끝나면 동아리 활동을 하듯, 상대방은 골프부로 나는 연극부로 활동하는 것이다. 수업을 빼먹고 동아리 활동만 한다면 문제가 되겠지만, 나는 수업, 즉 본래의 일도 제대로 하고 있으니 나머지는 내 취미에 맞게 연극을 하고 사교댄스를 춘다.

자신의 인생을 충실히 살아가기 위한 무대에 서서 즐기는 데에 나이나 경험은 아무 상관이 없다.

진정한 즐거움을 주는 놀이

내가 이렇게 연극, 합창단, 사교댄스 등 다양한 일을 하는 이유는 작가라는 이미지로만 규정되고 싶지 않아서다. 물론 소설가는 내 인생의 본질적인 부분이다. 그 외에 연극배우이기도 하고 가수이기도 한 것이다. 사실 나는 배우로서의 타고난 재능은 없다. 하지만 재능이 없다고 해서 배우 흉내를 내서는 안 된다는 법은 어디에도 없다. 또한 가수의 재능이 없다고 해서 노래를 하면 안 된다는 법도 없지 않은가. 그러니 타고난 재능이 없다는 이유로 연극이나 노래를 자신의 인생에서 포기해버리는 것은 손해라는 생각이 들었다. 그렇다면 아예 실력이 부족하고 재능이 없는 사람들만 모아서 극단이나 합창단을 만들면 어떨까 하고 극단을 만들게 된 것이다. 그 안에서는 열등감 같은 걸 느끼지 않아도 된다. 우리 합창단에서는 부족한 노래 실력임에도 불구하고 표정만큼은 유명 가수 못지않은 사람들이 많다. 노래를 너무 잘하는 사람은 우리 합창단에 들어올 수가 없다. 게다가 독창 부분은 오히려 실력이 부족한 사람이 부르는 게 일종의 관례가 되었다. 이런 시스템이다 보니 열등감을 느낄 새도 없이 그냥 다 같이 웃으면서 해소하게 되는 것이다.

아마추어 연극배우들이 국립극장 무대에 선다는 것은 굉장히 긴장되는 일이다. 그래서 나는 일단 처음에 물구나무서기를 한다. 열 번도 넘게 공연을 했지만 출연 시간이 다가오면 역시 몸에서 열이 나고 가슴이 콩닥거리기 시작한다. 그런데 한편으론 이 긴장감이 이루 말할 수 없이 좋기도 하다. 실수한다고 해서 상사에게 질타 당할 일도 없고 욕먹을 일도 없다. 만약 실수를 했더라도 우리 극단에서는 "수고했어요, 잘했어요" 하고 격려의 미소를 보내주는 정도로 끝이다. 긴장되고 떨려서 가슴이 콩닥거리기는 해도 즐거우니까 충만감을 느끼게 된다.

이것은 일 년에 한 번 있는 축제와 비슷한 감정일 것이다. 과거에는 축제 외에 별다른 오락거리가 없었다. 그래서 과거의 축제는 상당히 충실한 놀이가 될 수 있었다. 지금은 집 안에서든 밖에서든 오락거리가 차고 넘칠 정도라 해도 과언이 아니다. 하지만 그중에서 마음이 설렐 수 있는 진정한 즐거움을 주는 놀이는 무엇이 있을까?

인간은 인생을 살아가며 일 년에 한 번은 축제를 준비할 필요가 있다고 생각한다. 문화 인류학자들도 말했지만, 생활 속에서 축제를 준비하는 것이 결국 인생이라고 하는 것이다.

일 년에 단 한 번 하는 우리 극단의 공연은 단원들의 입장에서는 축제와도 같다고 생각한다. 2주일간 준비를 하고, 축제 당일에는 하루를 오롯이 축제에 참가하는 것이다. 그날 밤엔 아주 떠들썩하게 먹고 마시며 뒤풀이를 하고 헤어진다. 어떤 사람은 오사카로, 어떤 사람은 나가사키로 돌아간다. 어제까지 전혀 알지 못했던 사람들과 충실한 한때를 보내며 각자 나름대로의 추억을 만들고, 생활의 장으로 돌아가는 것이다.

연극이라는 것은 종합예술적인 면이 있어서, 이러한 아마추어 연극을 통해서도 자신의 숨겨진 재능을 발견하는 경우도 있다. 생활을 위해 샐러리맨을 하고 있지만 그림이나 음악, 댄스에 재능을 가진 사람들이 상당히 많다.

다만, 전문가가 될 정도의 기술을 연마하지 않았기 때문에 다른 길을 걸으며 살아가는 것이다. 극단에는 배우만 있는 것이 아니다. 그림 솜씨가 있는 사람은 무대장치를 만들고, 음악에 취미가 있는 사람은 음악을 담당하면 된다.

극단이란 배우뿐 아니라 각자가 가지고 있는 다양한 재능이 함께 어우러지는 곳이다. 특히 태어나서 처음으로 춤을 배워 연습한 지 2주 만에 선생님도 깜짝 놀랄 정도의 재능을 발휘하는 사람도 있다. 그러한 자신의 숨겨진 능력을 발견할 수도 있다.

날마다 똑같은 틀에 박힌 생활이지만, 조금만 궁리를 해보면 그 속에 작은 숨구멍을 내서 바람을 불어넣는 일을 얼마든지 만들 수 있다는 것을 대부분의 사람들은 잘 모르고 사는 것 같아 안타깝다.

진정한 즐거움을 주는 놀이를 찾기 위해서는 남들이 하지 않는 걸 하는 것이 좋다. 자신의 취미에 맞는 놀이를 생각해야 한다. 그것이 연극이든 음악이든 무엇이든 좋다. 결론은, 정신을 바짝 가다듬고 당신의 인생을 충실하게 보내는 순간을 갖는 것이 필요하다는 것이다.

CHAPTER 2

나를 좋아하기
시작하다

1
나를 가장 잘 아는 사람은 바로 나

살아가는 것과 생활하는 것은 서로 다르다. 살아간다는 것은
세상과 타인을 의식하기보다는 어디까지나 자신의 마음에
충실하게 사는 것을 의미한다. 그러나 생활한다는 것은 세상과
타인의 시선을 의식하며 그 속에서 자신의 미래를 만들어가는 것이다.

─「지금은 재수생」 중에서

이 책을 읽고 있는 사람 중 절반 이상은 자신의 사교성이 부족하다거나, 낯가림이 심하고 좋고 싫음이 분명한 성격이라 사람을 사귀는 일에 서툴다고 생각할 것이다. 스스로를 사교적이라고 생각하는 사람은 별로 없을 거라 생각한다.

여러 사람과 잘 어울리며 누구에게나 기분 좋게 대하는 사람을 '분위기 메이커'라고 한다. 하지만 그렇지 못한 사람에게 사회는 성실하지 못한 사람, 본심을 드러내지 않는 사람, 혹은 음흉한 사람이라는 평가를 내리기도 한다. 사람은 누구나 남들과 잘 어울리고 싶어하면서도, 한편으로는 자신의 부족한 사교성 때문에 손해를 보고 있다고 고민하기도 한다. 그런데 대인관계가 어렵다고 하는 사람들을 잘 살펴보면 하나의 공통점이 있다.

그것은 어떤 부분에서 자신이 '열등감'을 느끼고 있는 것이다. 그런 열등감이 원인이 되어 타인과의 교제가 좀처럼 잘 이루어지지 않는다.

예를 들어 자신의 얼굴에 '열등감'을 느끼는 사람이 있다고 하자. 하지만 요즘처럼 미의 기준이 다양해진 시대에는 보는 관점에 따라 그만큼 다양한 미인이 존재하게 된다.

지금은 생기발랄한 얼굴, 생명력이 넘치는 얼굴이 '아름다움'의 기준이지 더 이상 그리스 조각상 같은 외모만을 아름답고 예쁘다고 여기지 않는다. 오히려 못생긴 얼굴이 자신의 특징이 될 수도 있다. 역으로 그 점을 자신의 개성으로 삼아 보는 것은 어떨까.

이런 말을 하는 나 역시 결코 수려한 외모는 아니었다. 그런데 나는 젊었을 때 내 얼굴에 열등감을 가지고 있었으면서도 대학을 졸업할 무렵에는 배우가 되려고 했었다(도대체 그것은 무슨 심리에서 비롯된 걸까).

지방 출신인 한 친구가 자신의 사투리에 열등감을 느껴 사람을 사귀기가 어렵다고 고민을 털어놓은 적이 있다. 이것도 나는 말이 안 된다고 생각한다.

나는 애초에 진정한 표준어라는 것은 존재하지 않는다고 생각한다. 우리가 표준어라고 여기는 말도 일종의 지방 사투리이기 때문이다. 그러니 한 지방의 사투리를 쓰지 못한다고 해서 열등감을 느낀다는 것은 우스운 일이다.

지방 사투리는 그 지방 풍토의 깊은 맛이 배어 있기 때문에 표준어에 비해 상당히 아름다운 말처럼 느껴지기도 한다. 글은 모든 독자에게 통용되어야 하기에 일단 표준어를 사용하지만, 간사이 지방에서 자라온 나는 사람들과 대화를 할 때에는 주로 사투리를 쓴다. 도쿄에 와서 그것을 부끄럽다고 생각한 적은 단 한 번도 없었다. 오히려 구수한 느낌의 지방 사투리가 나의 개성이 되었다고 생각한다.

특정 지방 출신인 연예인이 오히려 그 지역 사투리로 자신의 이미지를 대중에게 각인시키고 인기를 얻는 경우도 많다.

조직이나 회사 같은 곳에서 윗사람에게는 표준어를 사용해야 하겠지만, 친구들 사이에서는 지방 사투리를 사용하는 것이 오히려 더 친근해지고 큰 장점이 되는 경우가 더 많다. 자신의 이미지를 보다 확실하게 심어줄 수 있기 때문이다.

지방 사투리에는 또 하나의 이점이 있다. 가령, 다른 사람에게 무언가 주의를 주어야 할 경우에 "이봐, 이렇게 하면 안 되지" 하고 딱딱한 표준어로 말하는 것보다는 사투리로 말하는 편이 말투가 훨씬 부드러워지고 듣는 상대방도 상처를 덜 받는 것 같다. 따라서 자신의 사투리를 때와 상황에 맞춰 적절하게 잘 사용한다면 대인관계에도 큰 도움이 될 수 있다.

이렇듯 외모나 사투리에 대한 열등감이 인간관계의 걸림돌이 된다고 생각하는 사람은 거꾸로 열등감의 요소를 자신의 개성으로 만들어보면 어떨까. 오히려 상대방에게 깊은 인상을 심어주는 무기가 될 수도 있다.

대인관계에 서툰 사람들의 고민 중 하나는 말주변이 없다는 것이다. 그런 사람들에게는 다음과 같은 방법을 권하고 싶다.

말주변이 없어서 사람을 사귀는 데 어려움을 느끼는 사람이라면 잘 들어주는 사람이 되는 것은 어떨까. 인간은 누구나 자신의 이야기를 들어주고 이해해주기를 바란다. 자신이 말주변이 없다고 생각하는 사람은 상대방의 이야기에 잘 호응해주는 법, 이야기를 진지하게 들어주는 태도를 연구하면 된다. 그렇게 하면 상대방은 자신의 이야기를 잘 들어준다는 이유로 당신에게 좋은 인상을 갖게 될 것이다.

이야기를 잘 들어주는 사람이 되기 위해서는 약간의 공부가 필요하다. 대화를 잘 이끌어가는 사람들의 대화법 책을 읽어보는 것도 도움이 되고, 주위에서 모범이 될 만한 사람의 말투나 대화 방법을 배우고 모방해보는 것도 좋다. 나의 경우는 상대방의 말을 잘 들어주는 데에 아주 뛰어난 한 사회자를 모방해보았는데 제법 효과가 있었다.

완벽주의자로 소문난 어느 유명 인사의 부인과 인터뷰를 하게 됐을 때, 나는 이렇게 질문했다.

"남편분께서는 워낙 철저하신 분이라, 평소 집안에서도 실수 같은 건 잘 안 하시겠어요?"

그러자 부인은 무심코 대답했다.

"아니오, 그렇지도 않아요."

이때 이야기를 잘 들어주는 사람들은 "아, 그렇습니까?" 하고 다른 화제로 넘어가지 않는다. 그렇게 말해버리면 부인 입장에서는 자신이 괜한 말을 했다고 느껴 "아니, 딱 한 번뿐이긴 하지만요……" 하는 식으로 말끝을 흐리게 되기 때문이다.

그 대신 "저는 도저히 상상이 안 되는데요, 그렇게 완벽한

분께서 실수라니⋯⋯" 하고 믿을 수 없다는 표정을 지었다. 그러자 그 부인은 "정말이에요, 엔도 씨. 집에서는 의외로 깜빡하는 일들이 많거든요⋯⋯" 하며 이야기를 술술 풀어나갔다. 이것이 남의 말을 잘 들어주는 사람의 비결이라 할 수 있다. 대담을 잘 나누는 사람, 즉 상대방의 마음을 사로잡는 대화를 이끌어내는 사람의 화법 등을 공부하면 임기응변의 방법을 배울 수도 있고, 더 나아가 나만의 방법으로 만들 수도 있다.

말주변이 없는 사람에게 권하고 싶은 또 하나의 방법이 있다. 그것은 바로 사람들을 웃길 수 있는 이야기를 서너 가지 정도 알아두라는 것이다. 이야기가 중간에 끊기거나 막혔을 때 그 이야기를 꺼내면 된다. 자신이 경험한 황당한 이야기나 친구의 이야기 등 무엇이든 상관없다. 웃기고 재미있는 이야기를 하면 분위기가 한결 부드러워져서 가벼운 마음으로 대화를 나눌 수 있게 된다.

대인관계가 서툰 사람들 중에는 본인은 최선을 다하는데도 불구하고 남들에게 호감을 주지 못하는 사람도 있다. 그 이유는 대체 무엇일까? 자신은 그렇지 않다고 생각하겠지만, 남들 눈에는 건방지거나 음흉하다는 인상으로 비춰져 가까이하기가 꺼려지기 때문이다. 상대방에게 건방지다는 인상을 주는 사람이라면 십중팔구는 대화 중에 자기 자랑이 들어가 있는지 살펴보아야 할 것이다. 따라서 그런 사람들은 자신에 대한 말은 될 수 있으면 하지 않도록 주의할 필요가 있다. 상대방의 흥미를 끌기 위해서 "내가 이번에 꽤 좋은 차를 샀는데 말이야……" 하고 말하는 순간, 상대방은 '좋은 차'라는 말에서 반발심을 느끼기 때문이다.

또 외모가 다소 무뚝뚝해 보이는 사람들은 대인관계를 원만하게 이끌어나갈 조금 다른 방법이 필요하다. 내 친구가 그런 경우인데, 늘 험악한 얼굴을 하고 있어서 언뜻 보면 말을 붙이기가 어지간히 어려운 인상이었다. 그래서 언젠가 그 친구에게 이렇게 물었던 적이 있다.

"자네는 내가 싫은가?"

그러자, 그는 "왜 그렇게 생각하나?" 하고 말했다. "내가 말을 걸어도 자넨 늘 부루퉁한 얼굴을 하고 있지 않은가. 내가 싫으면 싫다고 말을 해주게!"

"싫어할 이유가 없지 않나."

"그러면 사람의 얼굴을 쳐다보며 좀 씽긋 웃어보게."

그런 대화가 있은 후 어떤 모임에서 그를 만나게 되었고, 그는 내 옆에 다가와 방긋 웃으며 이렇게 말했다.

"여보게, 이 정도면 되겠나?"

그때 그가 지은 표정이 너무 귀여워서 나도 모르게 그만 웃음을 터뜨리고 말았다. 그의 미소에는 상당한 애교가 섞여 있었다. 무뚝뚝해 보이는 사람들은 거울을 보며 애교 있는 미소를 연습해야 한다. 억지웃음이라도 계속 연습하다 보면 자연스레 호감 가는 인상이 되어 나올 것이다.

그리고 남들에게 빈틈 하나 없는 책략가처럼 보이는 사람은 엷은 미소를 띠지 않는 것이 좋다. 이런 사람들은 되도록 상대방의 눈을 보며 이야기하는 게 좋으며, 약속을 했을 경우에는 반드시 그 약속을 지켜야 한다는 사실을 명심하길 바란다.

대인관계가 원만하지 못한 사람들은 열등감을 가지고 있거나 자신이 말주변이 없다고 착각하고 있거나, 혹은 타인에게 오해를 사기 쉬운 성격인 경우가 대부분이다. 이 세 가지 중 하나에 해당하는 사람이라면 내가 앞서 말한 방법을 참고하면 어느 정도 도움이 될 것이다.

사실 근본적으로 주변 사람들에게 호기심을 가지고 있는 사람이라면 타인과의 교제가 그리 어렵지만은 않을 터이다.

단, 모든 노력을 했음에도 불구하고 주변 사람들에게 미움을 받을 때가 있다. 상대방에게 본능적인 비호감을 사는 이런 경우에는 어떻게 할 방법이 없다. 백 명 중에 한 명쯤은 당신에게 본능적으로 비호감을 갖는 사람이 있을 것이고, 반대로 당신이 타인에게 그런 감정을 품는 경우도 있다. 그 사람이 나쁜 사람이 아닌 건 알지만 왠지 대하기가 거북하고 피하게 된다. 이것은 어쩔 수 없는 일이다. 때론 깔끔하게 포기할 필요도 있다.

한창 젊을 때는 남들이 자신을 어떻게 생각하는가에 대해 무척 민감하게 반응하기 때문에 타인의 평가에 상당히 신경을 쓰게 된다. 그건 스스로에 대한 자신감이 부족하기 때문일 수 있다.

그러나 내 경험에 비춰보면, A라는 사람은 내 욕을 할지라도 B라는 사람은 나를 칭찬할 수 있다. 이러한 칭찬과 비난 같은 세간의 평가는 늘 따라다니기 마련이다. 그럴 때마다 일일이 끙끙대고 고민해봤자 소용없다. 이러한 평가에서 도망치려고만 한다면 오히려 더 깊은 수렁에 빠질 수가 있다.

누군가에게 칭찬을 받는다면 기쁘게 생각하고, 비난의 말을 듣는다면 그 이유를 스스로 고민해봐야 한다. 그러나 점차 자기 자신에게 자존감을 갖게 되면 그러한 감정이 별로 신경 쓰이지 않게 될 것이다. 또한 자신의 일을 제대로 해내고 확고한 자신감이 생기게 되면 대수롭지 않게 비난을 감수하게 되므로, 거꾸로 상대방이 당신의 눈치를 살피게 될 때가 올 것이다.

2
스스로를 얼마나 신뢰하는가

인생이란 본래 추하고 아름답지 않은 일투성이다.
그러한 생각은 특히 나이가 들수록 더 강렬해진다.
그렇게 추하고 아름답지 못한 여생에
마침표를 찍지 않고 끝까지 살아남는다는 것은
언뜻 보기에 구차해 보일지도 모른다. 하지만 그러한 인생이기 때문에
더더욱 끝까지 살아내는 것에 가치가 있고,
살아내고야 말겠다는 의지도 성립하는 것이다.

- 『차를 마시며』 중에서

누구나 자기 자신이 싫어질 때가 있다. 소위 말하는 '자기혐오'라는 것. 예를 들어, 한밤중에 자려고 누워 있는데 문득 예전의 부끄러웠던 일이 떠올라 "으악!" 하고 비명을 지른다든가 "이 바보 멍청이!" 하며 소리를 지를 때가 있다. 아마 많은 사람들이 이런 자기혐오가 일어나는 경험을 해봤을 것이다.

이러한 자기혐오에는 크게 세 종류가 있다.

첫 번째는 자신의 능력이나 일에 대한 자신감을 잃었을 때, '나는 뭘 해도 안 돼!' 하고 자책하며 자기혐오에 빠지는 경우다.

두 번째는 인간관계, 특히 이성과의 만남에서 자신이 상대에 비해 평균 이하라는 생각이 들 때이다. 마지막으로 세 번째는 육체적인 열등함을 자각하는 순간 자기혐오에 빠질 수 있다. 이 경우 심각한 병에 걸린 경우라면, 회복하더라도 건강을 잃으면서 예전의 자신감이 사라져 삶의 즐거움이 없다고 생각하고 더러는 남은 인생을 저주하는 경우도 있다.

나 역시 이 세 가지 요소를 모두 충분히 경험한 바 있다. 그 경험에 따르면, 현재 자기혐오에 빠진 사람에게 내일 당장 그것을 낫게 할 묘약이란 없다. 가장 좋은 약은 '시간'이다. 자기혐오 역시 실연의 아픔과 마찬가지로 시간이 지나야만 잊을 수 있기 때문이다.

살면서 '자기혐오의 감정이 자신을 성장시킨다'라는 말을 종종 듣곤 하는데, 젊은 시절에는 그런 말을 들어도 전혀 실감하지 못할 거라 생각한다. 하지만 중년 정도의 나이가 되면 이 말도 안 되는 이야기가 사실이었음을 깨닫게 되는 때가 올 것이다. 아직 20대에는 좀처럼 이해하기 힘들 수도 있지만.

그러나 한번쯤 생각해봤으면 하는 점은, 한밤중에 갑자기 이가 아플 때 이 세상에서 치통으로 괴로워하는 사람은 나밖에 없는 것처럼 여기는 것과 마찬가지로, 이런 일로 괴로워하는 사람이 이 세상에 나밖에 없을 거라는 착각에 사로잡히지 말았으면 하는 점이다. 결코 나란 사람 혼자만 자기혐오에 빠져 있는 것이 아니라 사실 많은 사람들이 같은 상황에 처해 있다는 걸 기억해야 한다.

만약 한 번도 자기혐오에 빠진 적이 없는 사람이 있다면, 그 사람은 친구들 사이에서 결코 좋은 평판을 얻지 못할 수 있다는 사실을 알아두길 바란다. 그리고 자기혐오가 아닌 자기만족밖에 모르는 사람은 이성에게도 인기가 없다.

자기혐오에 빠진 적이 없는 사람은 '1+1=2'라는 단순한 명제에는 매우 충실하다. 세상에는 좋은 일과 나쁜 일이 분명하게 정해져 있고, 자신의 인생 역시 명쾌하게 딱 떨어진다는 생각을 가진 사람이라, 어쩌면 둔감하기 때문에 자신감에 넘치는 사람일 수 있다.

그러나 젊은 시기는 1 더하기 1이 정말로 2가 맞는지, 혹은 4나 5가 되진 않는지를 알아보기 위해 방황하는 시절이다. 그러한 방황을 해본 사람들만이 자기혐오에 빠질 수 있는 것이기도 하다. 따라서 어지간히 둔감하지 않는 한 누구든 자기혐오의 감정에 빠지는 것은 지극히 당연한 일이다.

위대한 철학자인 마르크스Karl Heinrich Marx나 헤겔George Wilhelm Friedrich Hegel이라 할지라도 모두 자기혐오의 시절이 있었을 거라 생각한다. '나란 인간 정말 한심하구나!' '나라는 인간 정말 싫다!' 하고 말이다.

그런 때 '이렇게 하면 나아진다' '자신감을 가져야 한다' '고난이 다 피가 되고 살이 된다'는 식의 말들을 아무리 들을지라도 실질적으로 와닿지도 않을뿐더러 그다지 도움이 되지도 않는다. 마치 어두운 동굴에 갇혀 '나는 세상에서 가장 불행하고 불쌍한 사람이다'라고 생각하거나 또는 '세상에서 제일 형편없는 인간이 나다'라고 혐오스러운 생각이 지배하는 때이기 때문이다.

자기혐오는 젊은 시절에 유독 두드러지게 나타나는 것이 특징이다. 물론 간혹 중년이 되어서도 자기혐오에 빠지기도 하지만 젊었을 때만큼 더 치열하게 자기 안으로 침잠하는 경우는 드물기 때문이다.

다만 한 가지, 자기혐오의 동굴에 들어가 있다면 자신뿐만 아니라 다른 사람들도 지금 똑같은 일로 고민하고 고통받고 있다는 사실을 기억하라. 그런 사람들이 도처에 널려 있음을 기억하는 것이 커다란 위안이 될 것이다.

그 다음 기억해야 할 것은 본인의 나쁜 성격은 좋은 성격이, 단점은 동시에 장점이 될 수도 있다는 점이다. 또한 좋은 사람은 동시에 나쁜 사람일 수 있으며, 나쁜 사람은 그 사람만의 남다른 그 점이 매력적으로 다가와 좋게 느껴질 수도 있다는 것이다.

이를테면 감수성이 예민한 사람은 예술적으로 뛰어난 장점이 있을지 모르지만 자칫 소심하거나 이기적인 성격의 에고이스트일 수 있다는 말이다. 대범하고 남성적인 성격이란 것도 장점이기는 하지만 어쩌면 신경이 둔하다는 단점으로 느껴질 수 있다. 이렇듯 장점과 단점이 마치 동전의 양면과도 같다는 사실을 인생을 살다 보면 자연스럽게 깨닫게 될 것이다. 게다가 이러한 성격이라는 것은 고치기가 매우 어렵다. 이렇게 말하는 나 또한 어떻게든 성격을 고쳐보려고 이때까지 갖은 애를 써봤지만 결국 고치지 못했다. 아무리 노력해도 고칠 수 없다면 그런 단점이나 약점을 나만의 강점이나 좋은 점으로 만들려고 하는 생각의 전환이 필요하다.

내가 극심한 자기혐오에 빠져 있던 때는 과거 대학 입시 때였다. 연이은 대학 입시에 실패한 나는 재수생활을 3년이나 했다. 친구들은 대학생이 되었는데 나는 여전히 재수생이었던 것이다.

요즘처럼 재수생이 흔하지도 않던 때라서 재수생활을 3년이나 하니 주위 사람들에게 모두 무시를 당했고, 남들 앞에서 어깨 한번 제대로 못 펴는 신세였다. 그 당시 나는 무능력감과 패배감에 젖어 가진 능력이 고작 이것밖에 안 될까 하고 자기혐오의 감정에 온통 사로잡혀 있었다.

하지만 아무리 능력이 없다고 해도 정말 아무것도 없겠는가.

당시 나는 능력이 없음을 한탄했지만 능력이 전혀 없었다기보다는 삶에서 이런 순간을 맞닥뜨릴 때가 진정한 나를 발견할 수 있는 기회인 것 같다. 내 능력이 부족하다는 생각이 들 때는 능력이 있는지 없는지를 자기 자신에게 물어보아야 할 때가 된 것이다. 어떤 능력이 없으면 그와 반대되는 능력이 있지는 않은지 자기 자신에게 주의를 기울여볼 필요가 있다.

부끄러운 고백이지만, 사실 나는 수학 실력이 터무니없이 부족해서 대학 입시에 연달아 실패하게 되었고, 그래서 재수 생활을 3년이나 했던 것이다. 수학 성적이 나쁘면 문과에 가는 것을 생각해야 했는데, 그렇다고 해서 문과 쪽 성적이 그다지 좋은 편도 아니었다. 나중에는 고민 끝에 거의 반포기 상태인 수학보다는 낫겠지 싶어 결국 문과로 전향하게 되었다. 집에서는 내가 의과대학에 들어가기를 바랐지만 의대에 지원했다가는 떨어질 것이 분명했기 때문에 나로서는 문과를 선택할 수밖에 없었다.

물론 문과로 진학해서도 공부를 잘하지는 못했지만, 다행히 좋은 스승을 만나 지금의 내가 되었다고 생각한다. 그분을 통해 문학이라는 것이 얼마나 재미있는지를 깨닫게 되었고, 덕분에 이제껏 내 안에 감춰져 있던 무언가가 확 불타오르며 큰 흥미를 느꼈다.

이런 일들이 있었기 때문에 나는 부족한 능력을 다른 능력으로 바꿀 수 있다고 생각하게 되었다. 계산 능력이 떨어지는 사람은 계산 외의 다른 장점이 반드시 존재한다. 자신의 능력에 대해서 자기혐오를 느끼게 됐다면, 그럼 내가 할 수 있는 다른 무엇이 있는지를 곰곰이 생각해보며 다른 능력으로 보완할 필요가 있다.

힘이 모자란 사람은 말로 싸워 이길 생각을 해야 한다. 동물들도 무기가 없을 때는 보호색을 사용해 자신을 지키지 않는가. 인간도 물리적인 완력이 없는 사람은 언변이 뛰어나다거나, 자기 방어력이 반드시 잠재되어 있다고 생각한다. 그것을 최대한 끌어내야 하는 것이다.

이를테면, 학교든 회사든 치열한 노력과 경쟁 끝에 들어가게 된, 소위 말하는 일류 대학이나 조직에서는 아무리 노력을 한들 자신보다 뛰어난 사람이 무수히 존재하기에 두각을 나타내기가 어렵고 힘들다. 하지만 자신이 원했던 일류 조직은 아니더라도, 그곳에서는 자기가 어떻게 해나가느냐에 따라 오히려 더 나은 기회를 얻게 될 수도 있다. 따라서 마이너스를 플러스로 만드는 방법을 익힐 필요가 있다.

앞에서도 밝혔지만 대학에서 좋은 스승을 만났다는 것은 나에게 굉장한 행운이었다. 공부가 얼마나 즐거운지 맨 처음 내게 알려주셨던 분이고, 강의에도 열성적이셔서 학생들 사이에서 인기가 매우 높았다. 그 교수님 덕분에 나는 공부가 정말 재미있어서 열심히 할 수 있었다. 이렇듯 작은 계기를 통해서도 사람은 변화할 수 있다.

한편 어느 정도 나이가 들면 주변에서 해서는 안 된다고 하는 일들이 많아진다. 그래서 나는 젊음의 특권을 마음껏 누리라고 말하고 싶다. 젊을 때에는 해서는 안 되는 일이 별로 없다. 따라서 능력적인 부분의 자기혐오도 결코 극복하지 못할 게 없다고 생각한다. 자신에게 없는 능력을 인정하고 다른 능력의 가능성을 생각해본다면 젊을 때에는 얼마든지 새로운 분야로 도전하며 자신 있는 분야를 찾을 수 있을 것이다.

음감이 뛰어난 사람이 도스토예프스키의 책을 읽지 않았다고 해서 문제가 될 건 전혀 없다. 운동신경이 뛰어난 사람이 미적분 같은 수학을 모른다고 해서 조금도 부끄러워할 필요가 없다는 말이다.

과거와 달리 지금은 한 가지 분야에 흥미를 가지고 그 분야에 능통하다면 그 사람이 바로 영웅이 될 수 있는 시대다. 그러므로 능력에 대한 자기혐오는 나의 젊은 시절과 비교하면 더 빨리 회복할 수 있을 것이다.

한번은 내가 알고 지내던 고등학생의 부모가 상담을 하러 온 적이 있었다. 그 아이는 퇴학 직전이라 공부도 제대로 할 수 없는 상황이었다. 나는 그 이야기를 듣고, '학교를 그만두고 아이를 외국어 전문학교에 보내라'고 조언했다. 마침 그 아이가 영어를 좋아해서 차라리 매일 영어 공부만 하는 것이 낫겠다는 판단을 했기 때문이다.

아이는 내 조언대로 외국어 전문학교에 가게 되었는데, 아침부터 저녁까지 선생님과 마주 앉아 수업을 집중해서 하다

보니 영어 실력이 일취월장하였다.

그의 실력을 눈여겨본 선생님의 권유로 아이는 미국의 한 고등학교로 유학을 가게 되었고, '나도 할 수 있다'는 자신감을 얻게 되었던 것 같다. 그러한 자신감이 공부로도 이어져 결국 하버드 대학의 비즈니스 스쿨에 입학하는 쾌거를 이루었다. 물론 이러한 사례가 말처럼 쉬운 것은 아니지만 이처럼 능력이란 것은 젊은 시절에는 얼마든지 방향이 바뀔 수 있는 것이다.

어느 정도 나이가 되면 다른 일을 하고 싶다고 해서 20대 때처럼 바로 바꾸기가 어렵다. 그래도 능력은 얼마든지 변화할 수 있다는 사실을 기억하고 새로운 도전을 두려워하지 말길 바란다.

앞서 자기혐오가 일어나는 두 번째 예로 대인관계와 도덕적인 열등감을 제시했는데, 얄궂은 말처럼 들리겠지만 인간의 정신 수양에는 이것이 가장 좋다고 한다. 알다시피 동서고금의 종교에서 말하고자 하는 바는 자기혐오를 갖는 사람이야말로 구원을 얻는다는 것이다.

자기혐오가 많은 사람일수록 도덕적으로 민감하다. '내가 나쁜 짓을 했구나'라고 생각하는 자체로 이미 용서받을 자격이 있다고 할 수 있다. 그런 사람이 글을 쓴다면 정말 좋은 작품이 나올 것만 같은 생각도 든다.

그런데 도덕적인 고민이라고 해서 물건을 훔쳤다거나 하는 그런 종류의 것은 아니다. 특히 혈기 왕성한 젊은 시절에는 이성 문제에 관해서 자기혐오에 빠지는 경우가 있다. 이 또한 성숙한 인간이 되기 위한 하나의 밑거름이라는 사실은 분명하다. 자기혐오라는 것은 결국 자기분석이기도 하기 때문이다. 자신의 어떤 점이 싫은지 그때서야 비로소 알게 되는 것이다.

예를 들어, 여자친구가 갖고 싶어하는 것을 뻔히 알면서도 형편이 안 돼 사줄 수 없어서 모른 척하고 넘어갔을 때, 마음 한구석으로는 '아, 나는 정말 한심한 남자다'라는 생각에 자기 자신을 미워하게 된다. 하지만 그 소심한 성격을 반대로 좋은 점으로 살릴 수는 없는지 생각해보면 좋겠다.

앞서 세 번째로 말했던 육체적 자기혐오 역시 젊은 시절에 나 또한 경험을 했었다. 당시 나는 그다지 몸이 건강하지 못했고 결핵까지 앓고 있었다. 그때에는 결핵을 불치병이라고 여기던 때라, 시골에서는 결핵 환자의 집을 지나갈 때 입을 막고 후다닥 뛰어갈 정도로 두려워했다. 나는 수술을 해서 완치가 되었지만, 요즘과 달리 당시에는 수술 방식이 그리 좋지 않았던 때라 아직도 수술 자국이 좀 흉하게 남아 있다. 그래서 수영 같은 운동은 하지 못한다. 목욕탕에 가도 모두가 깜짝 놀라며 쳐다보기 때문에 나는 신체적 열등감을 느낄 수밖에 없었다. 그러나 한편으로는 열등감 따위가 나를 눌러서는 안 된다는 생각이 들어서 바로 자동차 면허를 따러 갔다.

말하자면, 수영은 못하지만 자동차 운전은 할 수 있다는 식의 그러한 정신적 균형을 잡아나가는 것이 중요하다고 생각했기 때문이다. 그 후 나는 사교댄스와 최면술도 배웠다.

만약 나의 경우처럼 정신적 균형을 잡아나가는 것이 필요하다면, 어학처럼 장기간에 걸친 연습이 필요한 배움은 추천하지 않는다. 의지가 약한 사람은 시간이 오래 걸리면 금방 포기해버리는 경향이 있으니 대체로 반년 정도면 자격을 취득할 수 있는 것이 좋을 것 같다.

자기혐오를 극복하는 데는 시간이 제일이지만 시간이 허락되지 않는다면 지금 내가 말한 것처럼 해보는 건 어떨까. 나는 지금까지 이런 방식으로 자기혐오를 극복해왔다.

자신의 외모, 특히 얼굴에 열등감을 느끼는 사람이 의외로 많다. 특히 남성보다는 여성의 비율이 더 많은데, 그런 사람들에게는 예쁜 것과 매력적인 것은 전혀 다른 것이라고 분명히 말하고 싶다. 예뻐지기는 쉽지 않을 수 있겠지만 매력적인 사람은 될 수 있다고 나는 확신한다.

프랑스의 작가이자 사상가 사르트르Jean-Paul Sartre가 어릴 때 겪은 독감의 후유증으로 인해 눈이 사시였다는 것은 유명한 사실이다. 그가 파리 고등사범학교에 다닐 때 의사가 수술을 하면 고칠 수 있다고 했지만, 사르트르는 망설임 끝에 수술을 거절하며 이렇게 말했다.

"이런 눈도 나의 일부다. 그래서 나는 그것을 고칠 생각이
전혀 없다."

나는 사르트르를 만날 기회가 있었는데, 남자인 내가 봐도
정말 매력적인 사람이었다. 이처럼 생김새와 상관없이, 매력
적인 얼굴이란 '만들어지는 것'이다.

어느 모델 회사를 잘 운영하는 사장의 이야기다. 그는 새
로 입사한 모델들, 특히 시골에서 올라온 사람들에게 매일
예쁘고 멋지다는 칭찬을 한다고 한다. 그러면 실제로는 평범
했던 그들이 점점 예쁘고 매력적인 이미지로 바뀐다고. 그렇
게 점점 자신의 외모에 자신감을 갖게 되고 나아가 인기 절
정의 톱모델이 되기도 하는데, 1등은 결코 예쁜 외모로만 결
정되는 것이 아니었다. 누구 봐도 매력적이라고 느끼는 사람
은 본래부터 뛰어난 외모를 가진 사람이 아니라 부단한 노력
으로 만들어지는 것이 아닐까.

단, 요즘 젊은 사람들은 자신감이 넘치다 못해 쉽게 우월
감에 빠지는 경향이 있다. 자기혐오, 열등감을 느끼지 않는

다는 것은 아직 충분히 성숙하지 않았다는 증거이기도 하다.

예전에는 부족한 기술을 익히기 위해 장인의 밑에 들어가 갖은 일을 다 하며 배우던 시절이 있었는데, 나 역시 처음에 공부를 하면서 선배들에게 자주 야단을 맞으면서 배웠다. 혹독하게 배우던 그 시절엔 열등감을 느낄 수밖에 없었지만, 그런 환경을 통해 사상이라는 것도 모두 상대적이며, 절대적인 사상이란 것은 존재하지 않는다는 사실을 깨달을 수 있게 된다. 그런 점에서는 옛날이 오히려 더 나았던 것 같다.

내가 절대적인 존재가 아니며, 모든 면에서 상대적이라는 사실을 깨닫게 되면서 열등감을 극복해내는 순간, 세상은 비로소 어른이 되었다는 면허를 준다.

자기혐오를 극복하는 것은 어른이 되어가는 과정이다. 그 속에서 자신의 싫은 성격, 부족한 능력을 어떻게 좋은 방향으로 발전시켜나가느냐가 매우 중요하다.

3
고생을 최소화할 수 있는 삶의 방식

어차피 인생은 고난이고, 인간은 고독한 존재임을 잘 알고 있다.
그렇기 때문에 나는 더 밝고 즐거운 마음으로 인생을 살아가야 한다고
생각한다. 최근 십 년간은 이런 마음이 더욱 깊어졌다.
가능하다면 죽을 때 이런 말을 하고 싶다.
"살면서 참 여러 가지를 해봤습니다. 역시나 즐거웠습니다.
그럼, 잘 있어요."

- 『발길 닿는 대로, 마음 가는 대로』 중에서

나는 이 세상에 재수 없는 사람은 없다고 자신 있게 말할 수 있다. 단지, 재수가 좋은 시기를 잘 활용하지 못했을 뿐이라고 생각한다. 자기 스스로 운이 없다고 생각하는 사람은 운이 좋은 시기를 미처 깨닫지 못해 놓쳐버렸거나 운이 없는 시기에 제대로 준비를 하지 못해서 모처럼 기회가 왔어도 그것을 잘 활용하지 못했기 때문이다.

유독 운이 따르는 해가 있다고 사람들은 이야기하곤 하는데, 만약 행운이 왔을 때 마음껏 그것을 잘 활용할 수만 있다면 승진을 한다거나 중요한 시험에 합격할 수도 있을 것이다. 하지만 그런 기회가 찾아와도 차곡차곡 쌓아둔 것이 없어 실력을 발휘할 수 없다면 모처럼의 행운을 놓쳐버리는 결과만 있을 뿐이다.

인생에는 도약할 수 있는 시기가 반드시 한 번은 찾아온다. 그때를 위해 잘 비축해놓아야 할 것은 '지식'과 '친구'이다. 그런데 친구로 인해 힘든 시기라면 친구와 너무 가까이 지내는 것보다는 적당한 거리를 두고 오히려 지식을 쌓는 것에 비중을 두는 것이 좋다. 지식만큼은 언제라도 있는 그대로 흡수할 수 있기 때문에 그때를 위해 항상 꾸준히 공부하라.

대부분의 사람들이 흔히 사업에 실패하거나 육체의 문제, 즉 병에 걸린다거나 몸을 다치는 경우에 운이 없다고 말한다. 그것도 하필이면 대수롭지 않은 일이 원인이 되어 나타나는데, 가령 가볍게 넘어졌는데도 골절이 된다거나 가만히 있는데 뒤차가 와서 교통사고를 내는 등 미리 대처할 수 없는 일들도 있다. 이것은 결코 당신이 건강을 소중히 하지 않아서가 아니다. 갑작스러운 사고는 운이 없었다고밖에 이유가 없다.

만약 현재 병에 걸렸다거나 부상을 당했다거나, 혹은 하는 일에서 실패한 경우라면 크게 낙담할 수 있다. 하지만 나쁜 일은 거꾸로 좋은 일이 될 수도 있기 때문에 과연 플러스가 되게 할 수는 없는지, 어떤 방법으로 극복해나갈 수 있을지를 생각해보는 것이 필요하다.

물론 쉽지는 않을 것이다. 하지만 매일같이 걱정만 하고 있을 바에야 어떤 방법으로 극복해나갈 수 있을까를 생각해보는 것이 더 낫지 않겠는가.

나는 병원에 입원해 있는 동안 주변의 많은 환자들을 주의 깊게 관찰할 수 있었다. 물론 의사나 간호사들도 마찬가지다. 그리고 그것은 소설을 쓰는 데 아주 많은 도움이 되었다. 이때 나는 물질적으로 얻은 것은 없었지만 그 경험으로 소설가로서의 이득은 확실히 얻었다고 생각한다.

내 주위에도 병으로 입원해서 낙심해 있다가 옆 침대에 있던 환자의 권유로 소설을 쓰기 시작해 추리소설 작가로 크게 성공하게 된 사람이 있다.

나 또한 그와 비슷한 경우가 있다. 같은 병원에 마침 유명한 연극 연출가이자 각본가가 입원했었는데, 그의 권유로 나는 그때까지 한 번도 생각지도 않았던 연극의 대본을 처음으로 쓰게 되었다. 3년간의 힘겨운 입원생활은 했지만 그 덕분에 나는 얼마나 많은 이득을 봤는지 모른다.

인생에는 반드시 절망적인 상황에 빠지는 마이너스 상황인 때가 찾아온다. 하지만 이것을 최대한 플러스로 바꿔내고자 노력하는 것이 운이 따르지 않는 시기에 할 수 있는 최선의 방법이라 할 수 있다.

나는 인생이 주는 중요한 교훈들을 이해하려면, 많은 시간 동안 여러 가지 경험과 삶의 어려움을 겪어보아야만 한다고 생각한다. 이런 어려운 시기 앞에 놓일 때 다음과 같은 점만 잘 기억해두자. 첫째, 스스로 운이 없다고 판단될 때는 상대적으로 운이 좋은 친구를 가까이하며 조언을 구하는 것도 좋다. 둘째, 운이 없는 시기일수록 공부하고 실력을 쌓는 것이 중요하다. 마지막으로 관점을 바꿔서 나쁜 운을 좋게 바꿔낼 돌파구를 찾기 위해 진지하게 생각한다.

내가 졸업한 고베의 나다 고등학교는 현대 유도의 창시자인 가노 지고로라는 분이 세운 학교였는데, 학교의 교훈은 '자타공영(自他共榮)'이다. 자신과 타인이 함께 번영하자는 의미이다. 그런 교육 방침을 바탕으로 한 교육을 받았기 때문만은 아니지만—애초에 나란 인물이 고등학교 교육에서 영향을 많이 받았을 사람이 아니지만—요즘 들어 '자타공영'이라는 것이 얼마나 중요한지를 종종 생각하게 된다.

남들이 뭐라고 하던 자신의 주장을 밀어붙인다거나, 상대방이 상처를 받더라도 자신의 신념을 관철하는 식의 행동은 나와는 성격적으로 맞지 않는다. 물론 내가 나약하기 때문인 탓도 있겠지만.

하지만 이 책을 읽는 독자 여러분 중 대다수는 나와 비슷한 성격일 것 같다. 남에게 상처를 주면서까지 앞뒤 안 가리고 자신의 뜻을 관철시키는 무조건적인 노력주의는 어지간히 강렬한 성격의 소유자가 아니면 불가능하다고 생각한다. 자신이 옳다고 생각한 것을 실행에 옮겼다면 다른 사람이 뭐라고 하든 상관없다고 생각하기는 쉽지만, 막상 다른 사람들이 전부 자신의 행동을 비난한다면 불쾌한 감정이 드는 건 어쩔 수 없으니 말이다.

그렇다고 내가 그런 방식을 무조건 좋아하지 않는다는 것이 아니라, 하고 싶어도 그렇게 강하게 밀고 나가지 못하는 성격이라는 것이다.

대부분의 사람들도 그렇겠지만, 내 삶의 방식도 그리 강자다운 삶을 살아가지는 않는다. 그렇기에 '자타공영'이라는 사고방식이 필요해진다. 겁쟁이라고 비하할 것까지는 없지만, 나는 극히 평범한 성격의 소유자이다. 그러다 보니 수많은 강자가 존재하는 이 사회에서 어떻게 하면 그런 사람들과 어깨를 나란히 하며 살아갈 수 있을까를 생각하게 된 것이다.

내가 실천해온 방법은 내일부터 당장 여러분도 실행에 옮길 수 있는 지극히 평범하고 쉬운 것들이다. 자신을 훈련하고 엄하게 단련하지 않으면 안 된다거나 강한 의지를 갖지 않으면 할 수 없는, 그런 것이 아니다.

솔직히 말하자면 나는 금욕주의적인 성격은 아니다. 목표하는 바를 관철하기 위해 술, 담배도 안 하는 식의 금욕주의는 나와는 맞지 않는다. 물론 그렇게 할 수 있는 사람이라면 그렇게 하면 된다. 그러나 나는 인생을 살아가며 이것저것 다 해보고 즐기고 싶다는 생각이 있다. 인생은 힘들고 고달프고 유쾌하지도 않은 것이라고 생각은 하면서도, 한편으로는 그런 인생을 꽤 즐기고 있다. 굳이 말하자면 '인생 긍정파'라고 할까.

그래서 공부를 하면서 텔레비전으로 프로야구 중계를 보기도 했다. 텔레비전만 보고 공부를 안 하는 건 문제가 있다. 그렇다고 해서 공부만 하고 야구의 재미를 모른다는 것도 너무 따분하지 않은가. 그런 사람도 많지 않을까 싶다.

가능하다면 즐기면서 공부하는 것이 가장 좋은 방법일 것이다. 나는 그런 방법을 요리조리 궁리하고 실천해왔다. 힘들게 공부만 해온 것은 아니다. 공부에 방해가 된다고 해서 하고 싶은 것을 무조건 없애지는 않는다. 그것이 바로 내 인생의 근간이 되었다고 할 수 있다. 인생을 한껏 즐기고 싶다는 생각에서 비롯된 것이기 때문이다. 하지만 많은 사람들은 현재 해야 하는 일을 위해서 하고 싶은 일을 포기하는 것 같다. 하기 싫은 일이라도 자신이 하고 싶은 일처럼 생각하여 즐겨보는 것은 어떨까.

사람은 평생 무언가를 공부해야 하는데, 어차피 해야 할 거라면 즐기면서 공부하는 방법은 없을지를 생각해야 한다. 모든 사람이 강한 의지를 가지고 있는 것은 아니다. 대부분의 사람들은 오히려 자신의 나약한 의지를 한탄하기 일쑤다. 그렇게 탓하는 사람들에게는 이렇게 말해주고 싶다. 배움의 자세, 방법의 시점을 바꿔보라고. 항상 정면에서만 달려들려고 하면 똑같은 고통에 처할 뿐이니까 배우려는 생각을 갖되, 자신만의 방법으로 해보는 것이다.

예전에 나는 수술을 받아 왼팔을 자유롭게 움직이지 못할 때가 있었다. 그때 담당 의사는 근육이 굳어서 손이 움직이지 않을 수도 있으니까 열심히 체조를 해서 팔운동을 하라고 말했다. 그래서 일단은 의사의 말대로 해봤지만, 통증 때문에 금세 관두고 말았다. 한 달 후, 의사는 나에게 운동을 게을리했으니 아직 팔이 잘 올라가지 않을 거라며 핀잔을 주었다. 그러곤 팔을 올려보라고 했는데, 막상 팔을 올려보니 아주 부드럽게 올라가는 것이었다. 그 모습을 보고 깜짝 놀란 의사는 내게 어떻게 된 일이냐고 의아해하며 물었다.

"네, 시키시는 운동은 하지 못했지만 대신 매일 왼손으로 카드놀이를 했습니다."

병실의 다른 환자들을 상대로 매일 카드놀이를 하며 왼손을 움직였더니, 별도의 운동을 하지 않았어도 자연스럽게 훈련이 된 셈이었다.

무슨 일을 할 때 어떻게 하면 그 일을 즐기면서 할 수 있을지를 고민하는 것이 중요하다. 무조건 열심히 성실하게만 노력한다고 해서 다 좋은 방법은 아니다.

또 한 번은 의사가 내게 차만 타고 많이 걷지 않으면 다리와 허리가 약해지니까 되도록 많이 걸으라며, 만보계를 건네

주었다. 시계처럼 생긴 물체를 달고 나는 터벅터벅 열심히 걸어 다녔는데, 전혀 재미가 없었다. 그래서 나는 즐기면서 할 수 있는 다리 운동이 없을까 하고 고민한 끝에 사교댄스를 배우기로 했다. 이 나이에도 신나는 음악에 맞춰 파트너와 함께 춤을 추면서 동시에 다리도 운동할 수 있다니 얼마나 즐거운 일인가.

내가 지금껏 살아오면서 나름대로 만들어온 삶의 지혜란 대부분 이런 식이다. 매우 비장하거나 피를 토할 각오로 무언가를 한다는 것은 내 성격과 안 맞는다. 내가 추구하는 삶의 지혜는 되도록 수고를 덜하고 터득하는 방법이라고 할 수 있다.

끈질긴 노력으로 무언가를 이루어낸다는 것은 어쩌면 의지의 훈련인 셈이다. 나는 의지를 훈련시키는 대신, 즐기면서 무언가를 배우는 방법도 있다고 생각했기 때문에 그렇게 했을 뿐이다. 그것이 지금까지 나를 지탱해온 정신적 지침이라고 할 수 있다.

고등학생이나 대학생들은 입시나 취직을 위해 어학 공부

에 필사적이다. 나는 불문과를 나왔는데, 불어를 공부하면서 가장 힘들었던 부분이 동사 변화였다. 무작정 외우는 방법도 있었지만 나는 좀 더 재미있게 할 수 있는 방법이 있지 않을까 생각하며 고민했고, 결국 아주 좋은 방법을 생각해낼 수 있었다. 먼저 동사의 원형만 암기한 다음, 읽기 쉬운 추리소설이나 연애소설 등을 읽는 것이다. 터무니없다고 생각할지 모르지만, 무엇보다 내용이 흥미로우니 계속 읽고 싶은 마음에 귀찮기는 해도 한 손엔 사전을 들고 계속 읽게 되었다. 그러다 보니 어느샌가 동사 변화가 어린아이들이 말을 배우는 것처럼 머릿속에 쏙쏙 들어오는 것이었다. 그래서 이후 동사 변화의 문법을 공부했다. 그다음에는 정리만 하면 되었기 때문에 편하게 동사 변화를 완벽하게 외울 수 있었다.

무미건조한 단어를 필사적으로 외우는 것도 그 나름대로 좋은 방식이다. 하지만 내 방법은 다소 시간은 걸리지만 즐겁게 할 수 있으니까 이것 또한 좋은 방식이라고 생각한다.

물론 전념을 다해 노력하는 배움의 자세를 부정할 생각은 추호도 없다. 그 사람들 역시 자기 나름의 인생관을 가지고 살아가고 있기 때문이다. 그러나 많은 사람들은 자신의 나약한 의지를 탓하는 연약한 존재들이다. 그러한 사람들이 강자들과 어깨를 나란히 하고 살아갈 수 있는 삶의 지혜와 방법도 분명히 있다는 사실을 알아가길 바란다.

4
혼자인 나와 어떻게 마주할 것인가

"내 인생은 어쩜 이리도 따분할까."
하지만 나는 확신한다. 인생은 그렇게 단순하지 않음을.
지금 나를 지탱하고 있는 것들은 수면 위의 물결처럼
시시각각 변화한다. 빛과 그림자가 흔들린다.
그리고 그 빛과 그림자가 뒤바뀌는 변화를 제대로 응시할 수 있다면
나는 결코 인생에서 도망치지 않을 것이다.

- 『작가 일기』 중에서

요즘 젊은 친구들은 외국에 나가는 일이 참 많은 것 같다. 나도 일 년에 한두 번 외국에 나가게 되는데, 파리나 런던에서 우리나라 관광객을 만나는 일이 점점 더 늘어나고 있다. 게다가 유명한 관광도시뿐 아니라 지구상의 어디를 가더라도 우리 청년들을 만날 수 있다는 사실에 적잖이 놀랐다.

꽤 오래전의 이야기인데, 내가 포르투갈의 어느 시골 마을을 여행하고 있을 때 기차를 타고 이동하던 중에 배낭을 멘 한 청년을 만난 적이 있다. 또 언젠가는 멕시코의 원주민 집을 방문해 그곳의 허름한 민박집에 묵고 있는데 옆방에서 익

숙한 소리가 들려와, 어쩐 일인가 싶어 그 방을 들여다보니 우리나라 청년 두 사람이 묵고 있는 것이 아닌가. 반가운 마음에 그들에게 이런저런 말을 붙여보니 일 년에 걸쳐 세계를 여행하는 중이라고 했다. 여행 경비는 어떻게 마련하느냐고 묻자, 그들은 여행 도중에 아르바이트를 하면서 여행을 이어가고 있다고 대답했다. 이스라엘 북동부에 있는 갈릴리 호수에 갔을 때도 거기서 어부를 하고 있는 젊은이를 만났다. 이런 청년들을 만나면 왠지 모르게 마음이 든든해지는 것 같다. 왜냐하면 그들은 관광이 아니라 여행을 하고 있기 때문이다. 보통 해외에 여행을 간다고 하면 여행사를 통해 모든 준비를 마치고 가이드를 따라 한 번 휙 둘러본 후 기념사진을 찍으면 끝나는 관광 여행을 의미하는 경우가 많다. 소위 말해서, 사전 준비가 다 되어 있는 안전한 체제 속에서 다녀오는 것이다.

하지만 진정한 의미의 여행이란 스스로 모든 것을 개척해보는 것이 아닐까. 나는 미지의 땅과 처음 만난 사람들에 의해 자극을 받는 하나의 인생 경험을 하는 것이 진정한 여행이라고 생각한다. 관광이라는 것은 생활 경험에 지나지 않는다.

여행과 관광은 이렇듯 뚜렷한 차이가 있다.

따라서 나는 젊은 친구들에게는 관광이 아닌 여행을 하라고 권하고 싶다. 여행은 젊을 때가 아니면 할 수 없기 때문이다. 왜냐하면 여행은 어느 정도의 체력과 기력을 필요로 한다. 어떤 때는 배고픈 경험을 하게 될 수도 있을 것이고, 육체적 고통을 참고 견뎌야 할 때도 있을 것이다. 그러한 상황을 견뎌내는 것은 역시 젊을 때에 가능하다.

물론 나이가 들어 부부가 함께 여행을 하는 것도 좋지만, 젊을 때 큰맘 먹고 여행을 하라고 권하는 또 하나의 이유는 감수성의 차이 때문이다. 20대에 외국에 가는 것과 30대가 지나서 가는 것은 놀라움과 감동을 느끼는 정도가 확실히 다르다. 30대 후반의 나이에 접어들면 아무래도 타인의 시선을 통해 학습된 고정관념 같은 것이 생기기 때문에 그 이미지에 맞춰서 외국을 바라보는 경향이 커진다. 그에 비해 20대의 젊은 이들은 지식이나 경험이 부족하기는 하지만, 자신의 눈을 통해 본 것들을 믿고 의지하며 그 나라의 땅과 사람들을 바라보게 된다. 그것이 바로 여행이 주는 최고의 장점이며, 그 점을 누릴 수 있는 것은 아직 감수성이 예민한 젊은 시기라고 생각한다.

내가 제일 처음으로 진정한 의미의 여행을 했던 것도 역시 20대 때였다.

나는 태평양 전쟁이 끝난 후 1950년, 최초의 유학생 신분으로 프랑스에 갔다. 당시에는 비행기가 아닌 배를 타고 여행을 하던 때라 요코하마에서 마르세이유까지 35일에 걸친 긴 여정이었다. 그 당시 일본은 패전한 후라 다른 나라에 대사관이나 영사관도 없던 시절이었다.

난생처음 하는 여행이었으니 보는 것, 듣는 것이 전부 신선하고 놀라움의 연속이었지만 그 여행은 정말 고생스러웠다. 돈이 없어서 4등칸 객실에 꾸역꾸역 들어가 중국이나 동남아시아의 난민들과 함께 뒤섞여 새우잠을 자면서 한 달 가까이나 배를 타고 갔는데, 그 당시에는 지금과는 달리 음식이나 생활용품 같은 것이 그리 넉넉하지 않아서 사람들 사이에서 다툼이 자주 일어났다. 또 마닐라에 도착했을 때인가는, 태평양 전쟁 후 처음으로 일본인이 왔다는 소문에 필리핀 사람들이 격분을 해서 어설픈 일본어로 "살인자, 살인자!"라고 하는 소리까지 들었다. 전쟁 중에 일본군이 마닐라에서 말도 안 되는 엄청난 짓을 저질렀기 때문에 나를 포함한 네 명의 일본인 유학생은 마닐라의 한여름에 사흘간 배 바닥에 있는 짐들 사이에 숨어서 꼼짝 않고 있어야 했다. 곧 죽을 것 같다는 생각도 들었다.

하지만 지금 생각해보면, 그런 일을 겪으면서 정신적으로나 육체적으로나 매우 힘들고 고통스러웠지만 또 다른 한편으로는 '이것이 진정한 여행이구나!' 하는 뿌듯함이 남아 있다.

프랑스 유학을 가기 전까지 나는 대학에 남아 연구를 계속할 생각이었는데, 그 35일의 여행을 계기로, 대학에 남아 계속 공부만 한다는 것이 갑자기 답답하게 느껴졌다. 그렇다면 무엇을 해야 할까 고민에 고민을 거듭하다가 소설가가 되어야겠다는 생각을 하게 되었다. 그때의 경험이 내 인생의 커다란 전환점이 된 셈이다.

당시는 지금처럼 인터넷으로 정보를 쉽게 얻을 수 있던 시절이 아니었다. 파리에 도착하고 보니 지구 동쪽 끝에서 온 나의 눈에는 모든 것이 신기하고 새로워 보였고 엉뚱한 실수도 많이 하며 다녔다. 예를 들어 길을 가던 중에 한 여인이 웬 야구 방망이 같은 것을 들고 걸어가는 모습을 보고 신기해서 그게 뭐냐고 물었더니 빵이라는 것이었다. 그때까지 나는 프랑스 사람들이 즐겨 먹는 바게트가 그런 모양인지 미처 몰랐던 것이다.

그리고 요즘은 외국어를 가르쳐주는 어학 공부기관이 많아서 현지인처럼 외국어를 능숙하게 잘하는 사람이 많지만, 그 시절에는 회화를 하기까지는 꽤 고생스러웠다. 학교에 지정된 외국인 선생님도 거의 없었기 때문에 나는 프랑스의 대학에서 강의를 들을 수 있게 되기까지 1년 정도의 시간이 걸렸다.

회화 공부를 위해 프랑스의 가정집에서 하숙을 하거나 아르바이트로 접시닦이를 하기도 했고, 농가에 가서 젖소의 우유를 짜는 일도 했다. 워낙 일처리가 서툰 탓에 실수도 많이 저질러 금방 해고되는 일이 많았지만 그러한 경험은 지금 생각해보면 참으로 소중한 것이었다.

30년이 지난 지금도 나를 고용했던 농가, 나를 받아주었던 하숙집과는 크리스마스카드를 주고받는다.

최근에는 상당히 기쁜 일이 있었다. 내가 다녔던 리옹 대학의 같은 과 친구에게서 얼마 전에 편지가 도착해서, 웬일인가 했더니 불어로 번역된 내 소설의 서평이 실린 신문을 읽고 혹시 그 소설가가 본인이 알고 있는 엔도가 맞는가 하고 확인차 편지를 보냈던 것이었다. 편지에는 그 당시 우리들의 에피소드도 함께 적혀 있었다. 이미 결혼을 하고 할머니가 된 그녀에게 나는 답장을 썼다. "네가 알고 있는 바로 그 엔도가 맞아. 나도 자네를 기억하고 있어"라고.

5년 전에도 리옹 대학 시절의 친구였던 인물이 일본에 온다고 해서 공항으로 마중을 나간 적이 있었는데 아무리 기다려도 그가 나타나질 않았다. 열심히 이리저리 찾아다니다가 혼자서 주위를 두리번거리고 있는 대머리 영감이 눈에 들어왔다. 혹시나 하는 마음에 곁에 다가갔더니 역시나 그였다. 우리 두 사람 모두 30년 전의 풍성한 머릿결을 가졌던 이미지만으로 서로를 찾느라 시간이 걸렸던 것이다. 이제는 머리숱이 많이 허전해졌을 거라는 생각도 못 한 채 말이다.

앞서 말했듯이, 대사관도 없고 의지할 만한 일본인도 거의 없는 프랑스에서 안정된 생활이 가능할 리 없었다. 무엇이든 스스로 알아봐야만 했고 혼자 길거리를 헤매고 다니기 일쑤였다. 하지만 이때의 경험이 나에게 어떤 자신감을 심어주는 계기가 되었다. 나 혼자 해결해야 할 문제가 많았던 것이 오히려 내 안에 잠자고 있던 자신감을 찾을 수 있는 계기가 된 것이다.

그 자신감이 무엇인가 하면, 무슨 일이 있어도 어디를 가더라도 나는 먹고살 수 있다는 자신감이다. 이때 생긴 자신감은 지금까지도 좀처럼 흔들리지 않는 확고한 신념이 되었다. 이러한 자신감을 젊을 때 갖출 수 있었던 것이 내 인생의 굉장한 주춧돌이 되었다.

나는 여권을 잃어버렸다거나 병이 나거나 돈이 없어지는 등의 절체절명의 순간을 맞았을 때도 어떻게든 그 위기를 극복하곤 했다. 그러한 경험이 몇 번이나 쌓이다 보니, 누군가의 도움을 빌리지 않고 혼자서도 헤쳐나갈 수 있다는 자신감이 상당히 커졌다.

혹시 1년이나 반년 정도 긴 여행을 하고 싶은 생각이 있는 사람은 편리한 관광 도시보다 좀 불편하더라도 조금 떨어진 작은 지방도시 같은 곳으로 가라고 하고 싶다. 단, 다른 사람에게 피해를 끼치지 않고 돌아오는 것이 중요하다. '여행지에서는 창피한 일을 겪어도 떠나면 그만'이라는 식의 사고방식이 가장 수준 낮은 방책이다. 가장 좋은 방책이라 함은 다른 사람에게 피해를 끼치지 않고 혼자 힘으로 어려움을 극복하고 자국으로 돌아오는 것이다. 그때서야 비로소 어엿한 한 사람의 몫을 다 해내는 어른으로 성장했다고 스스로 뿌듯함을 느낄 수 있을 것이다.

내가 자주 젊은 친구들에게 하는 말이 있는데, 대략 1년간의 외국여행을 하며 얻게 되는 지혜와 지식은, 내 경험에 비춰보면 4년 동안의 대학 생활에서 얻는 지식에 거의 필적할 정도라는 것이다. 나는 여행하기 전에는 그림 쪽에는 전혀 관심이 없었는데, 프랑스에 가서 처음으로 회화에 흥미를 갖게 되었고, 나아가 건축에도 관심이 생겼다. 그래서 여행에서 돌아오자마자 건축에 대한 책을 읽었다. 실제로 그 작품들을 직접 보고 난 후였기 때문에 더 실감 나게 읽을 수 있었고 결국 그 공부들이 피가 되고 살이 되었다.

특히 유럽을 여행하는 사람들에게는 처음부터 런던이나 파리로 가지 말라고 말하고 싶다. 내가 추천하는 코스는 맨 처음에는 이스라엘로 가고, 그리스에 들른 다음 이탈리아로 가는 것이다. 그런 코스로 여행을 하게 되면 보는 눈이 확 달라진다. 요컨대 헤브라이즘Hebraism(구약성서에 근원을 둔 기독교 문화/옮긴이)과 헬레니즘Hellenism(그리스 로마 문화)을 형성한 두 사상의 발상지를 보고 난 다음 이탈리아로 가게 되면 현재의 유럽을 이해하기 쉽기 때문이다.

텔아비브와 아테네, 두 도시에 들르는 것만으로도 이미 시야가 확장되고 상당한 안목을 키울 수 있을 것이다. 곧장 파리나 로마로 가지 말라고 하는 것은 바로 그런 이유에서다.

그리고 연령대에 따라 여행의 방식도 달라진다. 처음에는 여행의 범위를 넓게 잡아도 좋지만 차츰 그 범위를 좁혀가는 것이 좋다.

예를 들어 로마에 두세 번 정도 간 사람이라면 다음에 갈 때 범위를 좁혀서 가는 것이 더 흥미로울 수 있다.

로마라는 한 도시를 번성기와 쇠퇴기로 나누어서 이번에는 번성할 때의 로마를 보러 간다면 다음에는 쇠퇴할 때의 로마의 유적들만을 보러 간다는 식으로 일정을 잡는다면 아주 다양한 시각으로 볼 수 있다. 따라서 한 장소를 집중적으로 보는 것도 좋은 경험이 된다.

관광을 하는 사람과 여행을 하는 사람은 가지고 가는 여행 가방의 내용물이 다르다. 관광을 하는 사람은 좋은 옷과 신발 등 자신이 가지고 있는 것 중에 가장 좋은 것을 반드시 트렁크에 넣으려고 한다. 그러나 여행을 하려는 사람은 티셔츠와 청바지, 속옷 두세 장 정도만 가지고 비행기를 탄다. 필요하면 그곳에서 사면 된다는 마음가짐으로. 그러므로 관광과 여행은 여행 가방의 내용물에서부터 차이가 생긴다. 그 사람의 마음이 형태로 나타난다고 할까.

되도록 짐은 가볍게 하고 인생의 경험을 많이 담아 오는 그런 '여행'을 해보는 것은 어떨까. 인생 경험을 가득 채워 오는 그런 '여행'이 당신을 좀 더 강하고 자신감 있게 만들어줄 것이다.

CHAPTER 3

나를
사랑하는 법

1
웃으면 행복해진다

유명한 프랑스 작가 장 콕토가 가톨릭 신자가 되기 전에
신부에게 고백한 말이 있다.
"저는 마약도 하고 여자들과 문란한 생활을 했으며, 거기다
동성애자이기도 합니다. 저는 앞으로 어떻게 살아야 좋을까요?"
그러자 신부가 빙그레 웃으며 대답했다.
"그대로 살면 되지 않을까요? 당신이 하느님을 문제 삼지 않더라도
하느님은 당신을 문제 삼고 계시니까요."

- 『대담 : 구원과 문학』 중에서

예전에는 성실한 사람들은 대체로 잘 웃지 않는다는 일반적인 통념이 있었다. 무뚝뚝한 표정으로 진지한 얼굴을 하고 말수도 적은 그런 이미지 말이다. 말을 많이 하면 남자답지 않고 경박해 보인다고 평가하지만, 입을 다물고 있으면 생각이 깊은 사람으로 판단했기 때문이다. 과묵함은 성실함의 조건이자 남자다움의 조건이기도 했다.

그러나 이런 사고방식은 '유머'나 '웃음'에 대한 편협한 오해에서 비롯되었던 것 같다. '유머'는 경박하고 진중하지 못한 것이라는 생각에 나는 오랫동안 의문을 가지고 있었다.

그래서 이 진중함에 초점을 두고 유머와 웃음에 대해 생각해 보고자 한다.

물론 옛날만큼은 아니지만, 지금도 사람들의 인식에는 유머를 창작하거나 연기하는 사람, 유머가 있는 소설을 쓰는 사람을 한 단계 아래에 두는 것 같다. 영국만 하더라도 해학이 있는 유머 문학을 수준 높은 문학으로 평가하는 데 비해, 동양권의 나라에서는 아직도 한 단계 낮은 수준으로 치부하는 경향이 있다.

물론 이론상으로는 그렇지 않다고 하지만, 머릿속으로는 좀처럼 허용하지 않는 부분인 것 같다. 이것은 어린 시절, 어른들에게 '남들 앞에서 이를 드러내선 안 된다'고 하는 말을 자주 듣고 자란 것과 비슷하다. 남자는 남들 앞에서 이를 보이며 웃어서는 안 되고, 더욱이 남들에게 웃음을 살 만한 언행을 해선 안 된다는 말을 듣고 자랐기 때문이다.

그러나 유머를 포함한 웃음은 그렇게 단순한 것이 아니다. 미소, 폭소, 실소, 냉소 등 웃음에도 다양한 종류가 있다. 즉 웃음이란 인간의 다양한 감정을 표현하는 것이라 할 수 있다.

동물은 결코 웃지 않는다. 인간만이 웃는다.

어린 시절, 나는 길에서 미끄러져 넘어진 적이 있었는데 마침 그때 기르던 개가 그 모습을 보고 비웃는 것 같은 느낌을 받았다. 훗날 그 이야기를 동물학자에게 했더니, 개는 절대로 웃지 않는다고 했다. 말이 '히히힝' 하는 소리를 내는 것도 마치 웃는 소리처럼 들리지만 사실은 웃는 게 아닌 것과 같다는 말도 덧붙이면서. 동물학자의 말이 사실이라면 '웃음'이란 행위는 인간만이 할 수 있는 매우 수준 높은 감정 표현이자, 문화적 소산임을 알 수 있다.

웃음이 문화적 소산이라는 점에 눈을 돌리게 되면서, 웃음의 표현은 비평 정신의 산물이라는 사고가 근대에 들어 퍼지기 시작했다.

프랑스의 작가이자 평론가 앙드레 모루아^{André Maurois}는 유머^{humor}와 에스프리^{esprit}의 차이를 다음과 같이 정의했다. 에스프리란 높은 쪽에서 타인을 비평하는 것이며 유머란 아래쪽에서 비평하는 것이다. 채플린의 영화 〈위대한 독재자^{The Great Dictator}〉에서는 히틀러에게 지배당하는 사람들이 히틀러를 흉내 내며 관객을 웃게 하는데, 바로 이것이 아래에서 하는 비평의 전형적인 예라 할 수 있다.

따라서 아래에서부터 권력자나 힘 있는 사람들을 비평하는 것이 바로 유머라고, 앙드레 모루아는 말한다.

앙드레 모루아가 정의한 유머와는 별도로, 근대적인 웃음의 해석에는 자기 자신에 대한 비평이라고 하는 것이 있다. 이를테면, 우리가 어떤 일에 절망했을 때 울기보다 오히려 웃을 때가 있다. 인간의 여러 가지 추악한 모습을 묘사하고, 자기 자신을 포함해 모든 인간은 비열하고 어리석다며 비웃는 것이다. 러시아의 사실주의 작가 니콜라이 고골^{N. V. Gogol}의 작품이 바로 그러하다.

미소라고 하는 것에도 사실 그 안에는 여러 가지 의미를 포함하고 있다. 자신이 생각하고 느끼는 바를 아무리 이야기해도 상대방에게 전달이 안 되고 이해하지 못한다는 느낌을 받을 때가 있다. 아무리 말로 설명을 해도 자신의 속마음을 알아주지 않는 상대에게 할 수 있는 최후의 커뮤니케이션은 '미소'를 짓는 것 외에 달리 방법이 없다.

이렇듯 웃음에 대한 이해가 없다면, 소위 아르카이크 스마일이라고 일컫는, 모나리자의 수수께끼 같은 미소의 의미를 이해할 수 없을 것이다. 그러한 웃음이 담고 있는 본심을 파악하기 위해서는 인간의 의식이나 무의식 세계의 여러 가지를 깊이 헤아리지 않으면 모나리자의 미소뿐 아니라 불상의 미소도 이해할 수 없을 것이다.

따라서 웃음의 본질이 고도의 정신 활동의 산물이라고 한다면, 다른 사람을 웃게 만든다는 건 인간관계에서 매우 중요한 요소라고 할 수 있다.

웃음의 미학

프랑스의 극작가 마르셀 파뇰Marcel Pagnol은 『웃음에 대하여』
라는 책에서 웃음이란 우월감의 표현이라고 정의했다.

예를 들어 길거리에 바나나 껍질이 떨어져 있는데 누군가
가 그걸 밟고 훌러덩 나자빠졌다. 그 모습을 보고 웃는 것은,
나라면 바나나 껍질 따위를 밟고 저렇게 넘어지지 않을 텐데
하는 의식이 작용해 그 순간 느낀 그에 대한 우월감이 웃음
이라는 표현으로 나타났다는 것이다.

따라서 배우가 무대에서 바보 연기를 하며 관객을 웃게 하
는 것은, 나라면 저런 얼빠진 짓은 하지 않을 거라는 우월감

이 웃음을 유발하는 셈이다.

그러나 파뇰의 해석대로라면 한 종류의 웃음밖에 설명되지 않는다. 쓴웃음이라든가 울다가 웃는 그런 종류의 웃음은 어떻게 설명하겠는가. 우월감이 아니라 열등감 때문에도 인간은 웃음을 보이는 경우가 있다. 비참한 자신의 모습에 웃을 수밖에 없는 복잡한 감정도 있다.

나는 이런 웃음에 대한 여러 정의를 보고 있노라면 인간의 웃음을 왜곡된 형태로만 파악하고 있다는 생각이 든다. 상대를 비평하기 위해서라든가 우월감이라든가 혹은 자신을 포함한 인간의 비열함에 대한 쓴웃음이라고 하는 그런 형태로, 즉 부정적인 면으로만 웃음을 해석하는 것 같아 마음 한구석이 매우 씁쓸하기도 하다.

나는 지금 말한 그런 부정적인 형태로 유머 소설을 쓸 마음은 없다. 내가 웃음에 대해 흥미를 갖기 시작하며 생각한 것은 그렇게 복잡한 것이 아니다. 내가 타인에게 웃음을 보일 때는 그 사람과 소통하고 싶다는 의사를 표현하는 것이다. 거기에는 어떠한 위선도 없고 그 사람을 진심으로 대하고 싶다는 생각에 저절로 미소가 지어진다. 어여쁜 여자와 함께 있을 때는 겉으로는 무뚝뚝한 표정을 짓고 있지만 본심은 웃고 있다. 무뚝뚝한 얼굴을 하는 이유는 부끄럽기도 하고 쑥스럽기 때문이지, 마음은 웃으며 그녀에게 다가가고 있는 셈이다.

내가 내린 웃음의 정의는 앞에서 말한 부정적인 해석과는 달리 플러스 요소를 포함한 긍정적인 웃음도 있다는 것이다. 즉 웃음이란 자신만의 고독에서 빠져나와 상대방과 소통하는 방법임을 알게 되었다. 상대방을 향해 미소를 짓거나 반대로 상대방이 웃는 얼굴로 다가오는 것은 사이좋게 지내자는 의미이기에, 나는 소통의 방식으로서의 웃음을 생각하게 되었다.

소통할 수 있다는 것은 다시 말해 열린 유머다. 부정적인 의미의 웃음은 세상과의 소통이 닫혀 있지만 이때의 웃음은 열려 있다. 따라서 나는 웃음이란 열린 유머라고 정의 내리고 싶다.

웃음이 사람과 사람을 이어주는 커뮤니케이션의 한 수단이 된다면, 사람들을 웃게 하는 것은 결코 진지하지 못하다거나 경박스러운 것이 아니다. 오히려 '난 너희들과 어울리지 않을 거야'라는 의사를 표시하듯 뚱한 얼굴을 하고 있는 사람이 성실하지 않은 것이 아닐까.

성실함을 나타내는 태도가 타인과의 관계를 단절하는 듯한 뚱한 얼굴인가, 아니면 타인과 손을 잡고 소통하는 쪽이겠는가. 나는 후자를 선택할 것이다.

인간(人間)은 한자로 사람(人)과 사람의 사이(間)라고 쓴다.

타자 없이 인간은 성립하지 않는다는 의미다. 그러니 타자를 차단하고 고립된 표정을 하는 것이 어떻게 성실함이라고 할 수 있겠는가?

한창 제2차 세계대전으로 세상이 혼란스러웠을 때, 영국인들은 "우리는 식량도 물자도 부족한 힘겨운 생활을 하고 있다. 하지만 우리에게는 유머가 있다"라고 말했다고 한다. 유머라는 무기로 어려움을 극복할 수 있다는 유명한 이야기다.

하지만 아직 우리 사회에는 이러한 유머 감각이 부족하다. 결혼식장만 가봐도 금방 알 수 있다. 신부의 회사 상사가 스피치를 한다면 그녀가 회사에서 얼마나 우수한지를 칭찬하거나 회사 자랑을 하기 일쑤다. 그리고 학교 선생님이나 친구들은 신랑 신부가 얼마나 마음씨 착하고 성실한지를 이야기하지만, 하객들은 그저 시큰둥한 얼굴을 하고 있을 뿐이다. 결혼식 사회자마저 유머가 없다면 그야말로 엄숙과 진지 그 자체인 식이 되기 십상이다. 식상한 농담에 하품하는 하객들이 종종 속출한다. 이것은 아마도 유럽인들에 비해 아무래도 웃음에 대해서는 엄숙한 교육을 받았기 때문이라고 생각한다.

그래도 요즘 젊은 세대들은 과거에 비해 유머 감각이 많아지고 있는 것 같다. 이거야말로 쌍수를 들고 환영할 일이다. 앞으로는 점점 더 유머와 웃음의 질도 높아질 것이다.

이렇듯 웃음에 대한 감각과 이해가 깊어진다면 다른 이들과 커뮤니케이션을 할 때 얼마나 웃음이 중요한 요소인지 깨닫게 될 것이다.

2
스스로에게 자신감을 가진다

순수한 마음으로 타인을 사랑하고 누구든 순수하게 믿어주며,
설령 배신을 당하더라도 그 신뢰와 애정의 등불을
계속 지켜가는 사람을 세상 사람들은 바보라고 할지 모른다.
하지만 그 사람은 그냥 바보가 아니다.
인생에서 자신이 켠 작은 빛을 끝까지 지키고자 하는 착한 바보다.

- 『착한 바보』 중에서

인간은 누구나 '질투심'을 갖기 마련이다. 아무리 성인군자라 해도 질투의 감정에서 자유롭기란 꽤 어렵다. 이 질투심이 다양한 형태로 폭발함으로써 인간관계를 그르치는 경우도 자주 일어난다.

자신의 질투심을 억제하거나 또는 타인에게 받는 질투를 피할 수 있는 방법은 없는 것일까? 그 전에 질투심이란 과연 어디서 비롯되는 것인지 잠시 생각해봤으면 한다. 많은 사람들이 질투심에 대한 다양한 정의를 내리는데, 나는 이것을 '자존심이 짓밟혀 생겨나는 감정'이라고 생각한다.

예를 들어 당신과 비슷한 나이, 비슷한 입장에 있는 사람이 당신보다 훨씬 높은 평가를 받았다고 하자. 그때 당신이 질투심을 느끼지 않는다고 하면 그것은 거짓말일 것이다. 질투심을 느끼는 이유는 당신의 자존심에 상처를 입었기 때문이라고 생각한다. 또한 당신이 좋아하는 이성 친구가 있는데 그가 만약 내가 아닌 다른 사람을 좋아한다면 자존심이 무너지는 것처럼 느껴지지 않을까. 그렇기에 질투는 자존심에 상처를 입어 발생하는 것이라 해석할 수 있다.

사람을 좋아하거나 싫어하는 감정은 특정한 사람에게 일어나는 감정이지만, 질투심은 특정하지 않은 어떤 것을 보고도 생겨날 수 있는 감정이다. 예컨대 자신의 애인이 평소와 전혀 다른 옷을 입고 나타나면 새로운 모습에 반가움이 들기도 하지만 '혹시 나 아닌 다른 사람과 데이트라도 있는 건 아닐까?' 하는 마음이 들 수도 있다. 반대의 경우도 성립될 수 있다. 이렇듯 질투심이란 확실하지 않은 상황이나 사소한 것에서도 일어날 수 있는 감정이기도 하다.

또한 질투심은 과거나 미래의 일이 마치 현재 진행 중인 것처럼 여겨져 일어나기도 한다. 예를 들어 지금 당신에게 사귀는 애인이 있다고 하자. 과거의 애인 A와 헤어지고 난 후 새로 사귀게 된 현재의 애인에게 액세서리를 선물했다. 그런데 이미 이 선물만으로도 질투심이 촉발될 수 있다. "이거 혹시 A의 취향 아닌가요?"라고 묻는 애인. A는 이미 결혼도 하고 당신과는 아무런 관계가 없는데도 불구하고 마치 A가 눈앞에 있기라도 한 듯 질투심을 일으킨다. 미래의 일도 마찬가지다. 남편이나 아내가 출장이나 여행지에서 다른 이성과 행여나 나쁜 행동을 하지는 않을까 하고 멋대로 상상력을 동원하고, 마치 현재 벌어지고 있는 것처럼 생각해 질투의 감정에 사로잡히기도 한다.

이렇듯 질투심이란 그 절반 이상이 근거가 없는 것이라 할 수 있다. 다른 감정에 비하면, 아무 이유 없이 불필요한 에너지를 쓰고 있는 경우가 많다. 질투의 감정은 누구에게나 있는 것이므로 이것을 근본적으로 없애는 방법은 있을 리 없다. 그러나 방금 언급한 질투심의 발생 구조—절반 이상은 근거가 없는 것이며 과거, 미래를 불문하고 촉발됨—를 아는 사람과 모르는 사람의 차이는 크다. 질투심의 구조를 파악하게 되면 절대적이라고는 할 수 없어도 어느 정도 그 감정을 조절할 수는 있다.

연애를 해본 사람들은 '곰보 자국도 보조개(제 눈에 안경)'라는 말의 의미를 이해할 것이다. 본래 신경질적인 성격의 남자에게 푹 빠져 있는 여자는 그를 섬세한 성격으로 생각하고, 반대로 신경이 둔한 남자에게 푹 빠진 여자는 그의 성격이 남성적인 거라고 착각한다. 이처럼 사랑에 빠져 눈이 멀어버리면 '곰보 자국'도 '보조개'로 보이게 된다.

반면 질투심은 상대방의 장점을 오히려 단점으로 보이게 하기도 한다. 내가 중학교 때 나의 짝꿍은 아주 그림을 잘 그려서, 미술 대회에 나갈 때마다 1등은 따 논 당상이었다. 선생님들도 칭찬하고 다른 친구들도 부러워했지만, 어린 마음에 나는 그 친구의 그림 솜씨를 시기했다. 그래서 그런지 다른 사람들의 눈에 아주 멋진 그림이었음에도 내 눈으로 볼 때는 시원찮은 그림으로 보일 뿐이었다. 그래서 다른 아이들에게 "저 애 그림이 뭐 그리 대단하냐" 하며 시큰둥한 반응을 보이기도 하였다.

이처럼 질투심이란 실로 복잡한 감정이기 때문에 질투심을 느끼는 원인을 잘 파악하고 있다 해도 절대로 질투의 마음이 일어나지 않으리란 보장은 없다. 다만, 질투심을 덜 느끼는 방법이 한 가지 있다. 그것은 바로 스스로에게 자신감을 갖는 것이다.

애인이 파티에서 다른 이성과 함께 춤을 추고 이야기를 나눠도 결국은 자신에게 돌아올 것이라는 자신감. 이런 자신감이 없어서 벌벌 떨기도 하고 부아가 치밀어 오르기도 하는 것이다. 질투의 감정을 완전히 억누르는 것은 불가능하지만, 자신감이 있으면 질투심이 줄어드는 것은 분명한 사실이다. 자기 자신에 대해 자신감을 가진다면 질투심에서 벗어날 수 있을 것이다.

이번에는 애인이나 회사 동료에게 질투심을 일으키게 하지
않는 방법에 대해서 생각해보자.

일단, 질투심을 느끼지 않게 하기 위해서는 상대방의 자존
심에 상처를 입히지 말 것. 상대방의 자신감을 없애는 일을
하지 않을 것. 이 두 가지를 들 수 있다. 그러기 위해서는 상
대방을 칭찬하는 방법이 가장 좋다. 자신의 경쟁 상대에게는
"나는 도저히 널 못 따라가" 하고 입버릇처럼 말해보라.

이를 애인에게 적용해 칭찬을 자주 하면 애인이 자신감을
느끼는 동안은 나에게 질투심을 일으키지 않는다. 그러한 자

신감, 안도감을 상대에게 심어주기 위해 자신이 잠시 우스꽝스럽게 여겨지는 것도 때론 나쁘지 않다.

이것은 내 개인적인 의견이지만, 애인에게 무시당하지 않으면서도 안심시킬 수 있는 방법을 하나 소개하고자 한다.

일단 "나는 이성에게 인기가 있어"라는 말을 평소 애인에게 자주 해둔다. 그러다 애인과 함께 자신의 친구(동성)를 만날 기회가 있을 때 친구를 통해 애인에게 평소 자신이 하던 말이 거짓말이라고 전하게 한다. 이성에게 인기가 있다는 말은 사실 다 거짓이라고. 친구에게 그 말을 들은 애인은 당신을 허풍쟁이라 생각할지는 모르겠지만, 무엇보다 마음속으로는 안심하게 될 것이다. 결국 이 사람은 나에게 돌아오리라는 안도감을 느끼기 때문이다.

중요한 것은 현재의 위치를 무너뜨리지 않고 유지하는 것이다. 그것이 무너졌을 때 질투심을 일으키게 된다. 다른 이성에게 인기 없는 사람은 매력이 없다고 하는 사람들도 있겠지만, 그러한 마음보다는 자기 외의 다른 이성에게 인기 없는 애인에게 안도감을 느끼며 안심하는 쪽이 더 큰 것 같다. 그러므로 때로는 상대의 자존심을 상하게 하지 않고 안심시키는 쪽이 훨씬 현명하다고 생각한다. 이 사견은 오랜 세월 인생을 살아온 선배의 충고로 여겨주길 바란다.

내가 젊은 친구들에게 자주 하는 이야기가 있는데, 마흔 살 이전까지는 되도록 제일 앞에 서지 말라는 것이다. 선두에 서 있으면 그만큼 거센 바람을 맞게 마련이다. 사람들은 누구나 최고의 자리에 있는 사람을 경쟁 상대라 생각해 시기하고 질투하기 때문이다.

　그러한 것을 피하기 위해서는 세 번째나 네 번째가 가장 좋다. 너무 뒤에 있으면 선두와의 간격이 지나치게 벌어져 따라잡기가 힘들다. 하지만 세 번째 정도라면 시기, 질투는 앞에 있는 사람이 받게 될 것이고, 전력을 비축했다가 마지막에 쏟아부어 한번에 경쟁자를 따라잡을 수 있는 아주 좋은 위치라 할 수 있다.

그렇다면 왜 두 번째가 아니라 세 번째가 좋을까? 그 이유는 바로 1등과 3등 사이에는 두 사람의 관계를 중화시켜줄 2등이 존재하기 때문이다. 이 2등의 존재로 인해 선두에 있는 사람에게 경계심을 사지 않아도 되고 인간관계의 균형을 유지할 수 있다. 이를테면 A와 B라는 친구가 서로 대립할 때 그들 공통의 친구가 양쪽을 중재시켜주는 역할을 하는 것과 비슷하다. 2등은 그러한 존재가 되어줄 만한 최적의 친구라 할 수 있다. 1등의 질투심을 정면으로 받지 않기 때문이다. 그리고 막판 스퍼트를 올릴 때 2등이 자신의 편이 되도록 하는 것도 잊어서는 안 된다.

그리고 이건 조금 다른 이야기지만, 인생은 어떤 이름을 쓰느냐에 따라 그 사람이 가는 길이 어느 정도 결정되는 것 같다. 그 예로, 나는 젊었을 때 고리안(狐狸庵, 여우와 너구리가 사는 집이라는 뜻/옮긴이)이라는 필명을 썼다. 처음부터 나이가 들어 보이는 이미지의 이름을 썼더니 이게 의외로 시간이 지나도 꽤 편했다. 거꾸로 항상 젊어 보인다고 하는 건 그만큼 에너지가 필요할 것이다.

나 같은 사람은 처음부터 별로 바람을 세게 맞지 않을 위치에서 편하게 시작하겠다고 마음먹었기 때문에 다양한 시기와 질투를 이 이름이 완화시켜주었다고도 생각한다.

이와 같이 타인의 질투심을 누그러뜨리는 방법은 여러 가지가 있을 것이다. 너무 똑똑한 척하거나 완벽한 수완가로 생각하게 하는 것은 하수의 방법이다. 그렇게 하면 오히려 상대방에게 질투심을 일으킬 수 있기 때문이다. 적당히 부족한 면을 보여주는 것도 중요한 요소가 된다.

상대방에게 완전히 무시당할 정도여서는 안 되겠지만, 어느 정도 빈틈이 있어야 상대방에게도 안도감을 줄 수 있다. 모두가 애정을 담아 "저 사람은 좀 부족한 구석이 있지만 괜찮아" 하고 말할 수 있는 사람이 되자. 그런 사람이 타인들의 질투심으로부터 벗어날 수 있다.

3
감정을 다스려 마음을 지켜낸다

모차르트나 베토벤의 인생에도 쓸쓸함이 있었다는 사실을
아는 사람은 진정으로 음악을 이해하는 사람이다.
자신의 인생의 이면에 존재하는 슬픔의 음악을 연주하지 못한다면
그 사람은 자신의 인생을 사랑하지 않는 사람이라고 생각한다.

- 『대담 : 구원과 문학』 중에서

"아니다 싶을 땐 화를 낼 줄도 알아야 해!"

종종 이런 말을 듣는다. 그러나 나의 첫 번째 원칙은 자기 성격에 맞지 않는 일은 하지 말라는 것이다. 예를 들어, 화를 낸 다음 끙끙거리며 고민하는 사람이 있다. 욱해서 아주 보란 듯이 화를 내고는 그 후에 사태를 수습하느라 전전긍긍하는 행위는 정신 건강에도 좋지 않으니 그런 성격의 소유자는 무턱대고 화를 내지 않는 편이 낫다.

회사를 다니다 보면 부당한 대우를 받는 일이 종종 있다. 화를 내는 사람도 많을 것이고 당장 그만두겠다며 길길이 날

뛰는 사람도 있을 터이다. 독신이라면 그나마 괜찮지만, 처자식이 딸린 경우라면 사정이 달라진다. 가족의 생계를 위해 꼭 참는 사람이 있는가 하면 그럼에도 화를 못 참고 그만두는 사람도 있을 것이다. 당신이라면 어떻게 하겠는가? 이러한 상황에 우리는 어떻게 해야 할까?

우선, 화를 내기 위해서는 준비가 필요하다.

회사에 들어가면서 이렇게 다짐하는 사람도 있을 것이다. "화를 내야 할 때는 확실하게 내자!"

그런데 화를 낸다는 것은 결국 싸움을 한다는 의미이다. 싸움이란, 즉 개인적인 전쟁이다. 전쟁을 하려면 제대로 된 병력을 갖추고, 공격할 적당한 시기와 패했을 때의 뒷수습을 생각해야만 한다. 그런 계산도 없이 화를 내는 것은 바보나 다름없다.

화를 내는 행위는 결과적으로 어떠한 효과를 얻는 것이 있어야 한다. 자신이 얻을 수 있는 것과 상대에 대한 효과를 계산할 필요가 있다. 즉, 만만하게 봤다간 큰코다치겠구나 하는 생각을 심어줄지 말지를 생각해야 하는데, 그것은 상대방을 보고 판단해야 한다.

이쪽에서 화를 내면 오히려 적반하장으로 본인이 더 화를 내는 사람, 앙갚음하려는 사람, 은근하게 괴롭히려는 사람 등등 이런 골치 아픈 사람들도 있다. 따라서 화를 내려면 상대방의 성격을 먼저 알아두는 것이 중요하다.

그리고 어떤 장소에서 전쟁을 치를지도 선택해야 한다. 동료들이 다 보는 앞에서 상사와 언쟁을 벌이는 것이 과연 좋을지, 그럴 경우 동료들은 앞으로 자신을 어떻게 바라보게 될지도 생각해야만 한다.

부하 직원을 나무라게 될 경우에는 다른 사람들 앞에서 면박을 주기보다는 따로 조용히 불러서 주의를 주는 게 훨씬 효과적이다. 이와 마찬가지로 상사에게 화를 낼 때도 조용한 곳에서 따로 이야기를 할지, 아니면 주위 사람들에게 다 들리도록 할지, 그 효과를 계산해서 정하는 것이 좋다. 이렇듯 화를 낸다고 해도 상대방의 성격이나 장소 등을 잘 따져봐야 한다.

그다음으로 중요한 것이 시기다. 어떤 때 화를 내는 것이 효과적인지 적당한 때를 생각해야 한다. 그리고 또 하나는 물러서는 법이다. 화를 냈을 때, 어디서 물러서야 효과가 있을지에 대한 판단은 당연히 필요하다.

다시 말하지만, 이것은 전쟁이나 마찬가지다. 전쟁을 언제 하면 좋을지, 전장은 어느 곳으로 할지, 적군은 어떤 상대인지, 언제 전투를 끝내면 좋을지. 이 네 가지를 염두에 둘 필요가 있다.

그리고 마지막으로 전쟁이 시작되고 절교를 할 수밖에 없다고 판단이 들었을 때—여기서 절교란 회사를 그만두는 상황이 되었음을 의미—그 선택으로 인해 자신이 받게 될 피해를 생각해야 한다.

이것저것 따지다 보면 화를 낼 수 없지 않느냐고 말하는 사람도 있겠지만, 어디까지나 무리하지 않는 선에서 하는 게 좋다는 것이다. 화를 내는 것이 오히려 손해라고 생각하는 사람은 당연히 화를 내지 않으면 된다. 가장 나쁜 결말이 화를 낼 때 내야 한다고 생각해서 그렇게 했는데, 나중에 '괜한 짓을 했다'고 후회를 하는 것이다. 이런 사람은 되도록 화를 내지 않고, 자신의 성격에 맞는 방법을 찾으면 된다.

회사라는 조직에 들어갔다면 어지간한 일에는 화를 내지

않는 게 좋다고 나는 말하고 싶다. 말하자면 조직생활은 장거리 경쟁과도 같다. 나처럼 혼자서 글을 쓰는 사람들과는 다르다. 나는 때때로 속도를 마음대로 올리기도 하고 화를 내기도 하지만, 조직에 속해 있는 사람은 그렇게 할 수 없다. 화를 낸다는 행위 자체는 즉 단거리 경쟁의 전투 방법인 것 같다. 장거리 경쟁이라면 호흡을 가다듬고 천천히 전략적으로 화를 내는 편이 좋지 않을까?

"부하 직원이나 후배에게는 화를 내지 말고 충고를 해라. 모두가 보는 앞에서 혼내기보다 따로 불러서 조용히 충고하라. 화를 내서는 안 된다."

이 방법은 부하 직원뿐 아니라 누구에게든 효과적이다. 그런데 이보다 더 효과적인 방법은 자신에게 부당한 대우를 하는 사람을 결국은 자신의 편으로 만드는 것이다.

다시 말해, 이 전쟁과도 같은 싸움에서 서로 총격을 하기보다는 교전을 하지 않고 적을 아군으로 만드는 것이 최대의 승리라 할 수 있다. 그러니 우선은 그 점이 가능한지를 생

각해보라. 이것은 아무리 마음이 약한 사람이라 해도 가능할
터이다.

상사에게 화를 내는 것은 그 순간에는 패기 있어 보일지
모르겠다. 하지만 나중에 끙끙대며 후회하지 않을 자신이 있
는지를 먼저 생각해야 한다. 자려고 누웠는데 불현듯 엉뚱
한 짓을 했다는 후회가 든다면 얼마나 볼썽사나운 꼴이란 말
인가. 더 최악인 것은 화를 내고 사나흘 정도 지난 후에 상사
에게 자신의 행동이 경솔했다며 사과를 하는 것이다. 사과를
한다는 건 이미 진 것. 결국 패기도 못 찾고 꼴만 우스워졌으
니 이 얼마나 우둔한 처사인가.

화가 날 때 순간 욱해서 화나게 한 사람에게 화를 내기보
다는 감정을 조금 조절하고 참았다가 나 자신에게 책임이 있
는지 한번 생각해보라. 화가 난 상태에서 하는 말이나 행동
은 오히려 관계를 악화시킬 뿐이다. 화가 난 상태라면 아무
말이나 행동도 하지 않으려고 애를 써보라. 그리고 상대방의
마음을 조금이라도 이해해보려고 노력한다면 당신의 마음은
조금씩 평온을 되찾게 될 것이다.

나 또한 내 작품에 대한 비평에 마음이 상하여 화가 날 때

도 있었고, 그 비평가에게 따지고 싶은 마음이 일 때도 있었다. 그러나 나는 인생을 승리와 패배, 성공과 실패로 구분하는 것은 무의미하다고 생각한다. 승리와 패배, 성공과 실패와 같은 이 모든 것들은 다 나에게 도움이 되는 것이니까.

이처럼 넓은 마음과 트인 눈으로 바라보면 당신 주위에 있는 사람들이 모두 적은 아닐 것이다. 당신을 끊임없이 괴롭히고 당신의 단점만을 들춰내려는 사람 또한 적이 아니라 도움을 주는 사람이 될 수 있다는 것을 마음속 깊이 새겨둔다면 좋겠다.

화를 표현하는 것과는 반대로 다정함이라는 행위가 있다. 나는 이 다정함이야말로 훌륭한 행동이라고 생각한다. 여기서 말하는 다정함은 여자를 집까지 바래다주거나 어깨에 코트를 걸쳐주거나 하는 그런 종류의 매너가 아니다.

진정한 다정함이란, 자신을 희생할 줄 아는 것이다. 다정한 사람이 된다는 건 어려운 일이다. 그리고 또 하나는 공감 능력이 있다는 것이다. 상대방의 고통과 슬픔을 이해하고 공감할 수 있는 힘은 그리 쉽게 가질 수 있는 것이 아니다. 하지만 그런 다정함을 가진 사람은 우리 주변에 분명히 존재한다.

　그런 사람을 보면 참으로 훌륭하다고 생각한다. 어떤 능력으로 인한 상을 받는 것보다도 훨씬 더 훌륭하다는 생각이 든다. 나에게서는 좀처럼 볼 수 없는 그런 모습을 가진 사람을 보면 진정한 아름다움이 느껴진달까.

　안타까운 사연의 사람을 보고 불쌍하다고 생각하는 건 다정함이 아니다. 그것은 본능이다. 내가 말하는 다정함이란, 그러한 본능이 일어난 부분에서 시작되는 것이다. 불쌍한 사람을 보고 금방 눈물을 흘리는 것과는 관계없다. 이는 그저 눈물이 많을 뿐이다. 눈물이 많은 것과 다정함을 비교하자면, 보통 마음이 여리고 잘 우는 사람은 대체로 타인의 불행을 마주하지 못하고 시선을 회피하고 싶은 마음이 크다. 그러나 다정함이란 바로 거기서부터 시작되는 것이다.

　요즘 젊은 세대에서 말하는 다정함에는 세 가지의 심리가 내재되어 있다.

　첫째, 싸우고 부딪쳐도 별로 의미가 없다는 생각. 이것은 우리 세대와는 확연히 다르다. 우리는 때로 무의미한 싸움을 하는 것도 패기 있다고 착각했던 것이다. 그런데 여기서 아

쉬운 점은, 그렇다면 의미 있는 싸움은 대체 무엇인가에 대한 사고가 아직 정립되지 않았다는 것이다.

둘째, 싸웠을 때 입게 될 손해에 대해서도 잘 알고 있는 것. 그리고 세 번째는 다정함이 일종의 도피가 되어 있다는 것. 현실을 직시하는 게 아니라 현실에서 벗어나기 위한 다정함이라는 것이 있는 것 같다.

이상의 세 가지 심리가 혼합되어 있는데, 그렇다고 해서 이게 전적으로 나쁘다는 것은 아니다. 우리 세대처럼 무의미한 놀이를 하거나 일시적인 패기를 위해 싸움을 하고 나중에 가서 끙끙 앓는 것보다는 훨씬 영리하게 진보하고 있다는 생각이 든다. 다만, 거기서 한 걸음 더 나아가 의미 있는 싸움의 방식은 무엇일지를 생각해보는 건 어떨까?

결국 마지막에 이기는 것이야말로 의미 있는 싸움이라고 말할 수 있다. 개미는 사자를 향해 무턱대고 돌진하지 않는다. 예전에 나는 개미인 주제에 사자를 향해 뛰어드는 것을 멋지고 패기 있다고 생각했었다. 마치 느와르 영화처럼 말이다.

화를 내는 방법도 싸움의 방법도, 결국은 최종적으로 이기기 위한 수단으로 생각한다면 불같은 성미를 참지 못해 화를 내는 무의미한 싸움은 줄일 수 있을 것이다.

4
타인과 지혜롭게 공존한다

굼뜨고 게으른 인생에도 무언가 쌓이는 것은 있기 마련이다.
타인을 불행하게도 행복하게도 하지 못하는 그저 그런 굼벵이 같은
인생일지라도, 그것이 계속 쌓이는 동안 머리가 아닌
가슴으로 인간의 애처로움과 삶의 비애를 점점 알게 되는 것 같다.

– 『굼벵이 생활 입문』 중에서

라이벌을 나의 편으로 만들라

나는 회사 같은 일반적인 사회의 조직에서 여러 사람들과 함께 일을 해본 적이 없다. 그리고 일을 할 때도 주로 혼자서 한다. 그렇기 때문에 회사 내의 경쟁자와 신경전을 벌인다거나 다양한 술수를 써서 상대방을 이기려고 했던 경험은 없다.

조직 생활을 한 번도 하지 않은 내가 라이벌을 대하는 방식을 이야기하는 것이 모순이라 생각할지 모르겠지만 나는 다른 사람들과의 수많은 대화를 통해 내 나름대로의 방법을 깨닫게 되었다. 그리고 그 방법이 실제로 어느 정도 효과가 있었기에 나의 경험을 나누고자 한다.

라이벌을 대하는 방법과 대처하는 방식에는 여러 가지가 있겠지만 그것은 사람의 성격 및 타인과의 관계, 사고방식 등에 따라 상당한 차이가 있다고 생각한다.

예전에 어느 잡지의 특별 기획으로 스무 명 정도의 회사 대표들과 연재 대담을 한 적이 있었다. 그때 나는 매번 똑같은 질문을 했었다.

"슬럼프가 왔을 때 어떻게 극복했습니까?"

그때 내가 깨닫게 된 사실은 적극적이고 투지가 넘치는 사람은 슬럼프가 왔을 때 폭풍에 맞서 싸운다는 각오로 방법을 강구해서 슬럼프를 극복해냈다는 것이다. 하지만 소극적인 사람들은 폭풍이 멎기를 우직하게 기다렸다고 한다. 다시 말해 폭풍이란 언젠가는 멎을 때가 있으니 그것이 지나가기만을 꿋꿋이 참고 기다렸다는 것이다.

이렇듯 슬럼프를 극복하는 방법은 사람마다 다르다. 소심하지만 인내심이 강한 사람이 적극적인 태도로 슬럼프를 극복했다는 다른 사람의 방식을 무리하게 따라 했다가는 실패할 확률이 크다. 반대로 적극적인 성격의 사람이 가만히 슬럼프가 지나가기를 기다리는 사람의 모습을 보고 자신도 그렇게 하겠다고 꾹 참았다가는 오히려 나쁜 결과를 초래하기도 한다는 것을 나는 인터뷰를 통해 알게 되었다.

라이벌이나 경쟁 상대를 대하는 방식은 다양하겠지만, 사람들 중에는 다른 사람과 경쟁하기를 꺼리는 성격의 사람들도 있을 것이다. 나도 그런 성격이다.

상대방이 공격적으로 나오면 나도 똑같이 해주겠다는 태도보다는 힘을 뺀 자연스러운 태도로 흐름에 맡기는 것이 제일이라고 생각한다.

요즘 사람들 또한 경쟁자가 있어도 가능하면 마찰을 피하려고 하는 경향이 있는 것 같다. 불필요한 마찰로 인해 끙끙대며 고민하거나 괴로워하지 않으려고 생각하는 사람들이 많아서일지도 모른다. 어쩔 수 없이 경쟁해야 할 상황이라면 경쟁 상대를 반드시 무너뜨려야 할 적으로 생각하지 말고, 그런 경쟁자를 자기편으로 만드는 방법을 생각해보면 좋을 것이다.

예컨대 자신의 경쟁자가 대단한 업적을 이뤄냈다면 그에 대해 진심으로 경의를 표하는 것이다. 경쟁 상대에게 축하의 말을 건네는 것은 자존심이 상하는 일도, 초라한 일도 아닌

정당한 행위다. 그리고 칭찬받아서 싫어할 사람은 없다. 좋은 업적을 이뤄낸 사람이 승리하는 것은 당연한 이치다. 이때는 경쟁자의 뒤에 바짝 붙어서 함께 열심히 달리면 된다. 괜한 미움을 사서 불필요하게 에너지를 낭비할 필요가 없다.

동료를 라이벌로 의식하게 되면 이 사람을 앞질러 정상에 서고 싶다는 기분이 들 수밖에 없다. 마라톤을 할 때처럼 앞에 있는 사람을 제치려는 마음이 드는 것도 당연하다. 그러나 무리하게 상대를 앞지르게 되면 필요 이상의 에너지를 쓰기 마련이다. 게다가 항상 누군가 따라붙는 듯한 불안감도 느끼면서 말이다.

그럴 때는 상대방의 뒤에 바짝 붙어서 이런 말을 건네며 함께 달리는 방법은 어떨까.

"정말 잘 뛰시네요!"

"경쟁자의 뒤를 따라 달려라."

그러나 이때는 경쟁자로부터 다섯, 여섯 번째 정도로 달려서는 안 된다. 앞에서 다섯 번째 정도로 뛰고 있는 사람은 선두와의 거리가 너무 벌어져서 따라잡기가 힘들기 때문이다. 앞서 말했듯이 대략 세 번째 정도로 뛰는 것이 좋다.

물론 직업에 따라 차이가 있겠지만, 마지막으로 전력을 다할 때는 충분한 준비를 갖추고 때를 기다리며 달려야 한다. 이것은 마라톤과도 같은 방식이다.

그렇기 때문에 처음에는 경쟁 상대를 앞세우는 것이 좋다.

상대에게 적개심을 불러일으켜서는 안 된다. 적당히 만만하게 보이면서, 그렇다고 해서 완전히 무시당하면 안 되겠지만 '저 사람은 나보다 한 수 아래'라고 생각하게 하는 것이 필요하다.

특히 요즘 사람들은 학교나 회사에서 불필요한 감정을 소모하지 않고 다른 사람들과 더불어 기분 좋게 보내고 싶어하는 경향이 큰 것 같다. 만약 당신이 그렇게 하길 원한다면 모든 일에 다 1등을 하지 않아도 좋으니 착실하게 세 번째 정도에서 잘 따라가는 방법을 추천하고 싶다. 무리해서 경쟁자를 앞지르려고 하기보다는 상대를 바람막이로 삼아 그 뒤를 달리는 것이 어떨까.

당신과 경쟁하는 사람에게 미움을 사지 않고 잘 지내는 방법도 생활의 지혜이다. 중요한 것은 경쟁 상대를 내 편으로 만들어 친구가 되는 것이다. 그렇게 하면 도움을 받는 고마운 순간도 분명히 있을 것이다.

당신은 경쟁 상대가 있는 편이 인생에 자극이 된다고 생각하는가? 그렇다고 생각하는 사람은 대체로 적극적인 성격을 가진 사람일 것이다. 경쟁 상대가 적당한 자극제가 된다고 느끼는 사람은 어쩌면 지금 이 이야기가 그다지 와 닿지 않을 수도 있다.

하지만 그렇지 않은 사람, 즉 경쟁자가 있어서 몹시 스트레스를 받는다거나 지나치게 상대에게 신경이 쓰이고 심지어 경쟁 상대에게 괴롭힘을 당해 걱정에 빠진 사람이라면 다음과 같이 권하고 싶다. 상대방과의 경쟁에서 이길 것을 목표로 하기보다 오히려 경쟁할 상대가 있어서 즐긴다는 마음으로 생각을 바꿔보고 상대를 너무 의식하지 말고 그 상황을 즐겨보라.

인생은 장거리 경주이다. 만약 당신이 경쟁자를 지나치게 의식하고 있다면, 인생을 단거리 경주로 생각하기 때문이다. 학창시절에 성적 때문에 친구를 라이벌이라고 여기는 것 역시 학창시절이 인생의 전부라고 생각하는 것이다.

회사에 들어가도 경쟁 상대는 반드시 나타나기 마련이다. 그때 어떤 사람들은 무슨 방법을 써서라도 상대방을 밀어내려고 하기도 한다. 하지만 이런저런 방법을 쓰지 않아도 수면 위로 떠오를 사람은 반드시 떠오르게 돼 있다. 굳이 어떤 술수를 쓰지 않아도 자연스러운 흐름에 맡겨두면 의외로 친구나 동료의 지지를 받아 언젠가는 떠오르기 때문이다.

지금 당장 코앞에 닥친 일만 내다보고 술수를 부리는 사람보다 누구와도 원만하게 지낸다는 평가를 받는 사람이 최종적으로는 승자가 될 것이다.

따라서 무리하게 애쓰지 않아도 된다. 단, 자신만의 비장의 무기 하나쯤은 연마해둘 필요는 있다. 이 점을 잊어서는 안 된다. 경쟁자를 무리하게 따라 잡으려 하지 말고 다른 분야로 눈을 돌려 실력을 닦아두고 노력하라. 나태하게 생각하라는 것이 아니다. 그러한 한 방이 없이는 마지막 순간에 치고 나갈 힘이 없어 곤란하다.

상대방에게 당신을 두려운 사람이라는 생각이 들지 않게 해야 한다. '저 사람은 참 쓸 만한 사람이다' '내게 도움이 될 것 같다'는 인상을 심어두는 것이 좋다. 두려운 사람이라는 인상을 주는 사람에게는 친구가 생기기 어렵다. 확실한 실력은 연마하되, 조금은 어수룩한 면을 보이는 것이 주변 사람들과 잘 지낼 수 있는 지름길이다.

자신의 성격을 무시하고 무조건 위를 향해서만 뻗어가려 하기보다 때로는 옆으로 뻗어 나갈 줄 아는 지혜가 필요하다.

5
타인을 사랑하지 못하는 사람은
자신도 사랑할 수 없다

나는 나약한 인간이며, 그 나약함이 내 안의 깊숙한 곳까지
늘 따라다닌다는 사실을 인정해야 한다.
자신의 나약함을 인정함으로써 타인과 사회를 바라보고,
문학을 읽고 인생에 대하여 생각할 수가 있다.

- 『차를 마시며』 중에서

나의 학창시절은 태평양전쟁이라는 역사적으로 큰 사건과 맞물린 시기였다. 이 전쟁이 끝나고 가장 많이 바뀐 것은 세상의 '가치관'이었다. 우선, 변화는 전쟁에 협력한 사람들을 다양한 형태로 재판하는 것에서부터 시작되었다. 전쟁을 지휘한 정치가, 군인뿐만 아니라 각계각층에 걸쳐 폭풍이 휘몰아쳤다. 문단도 예외는 아니었다. 문단에서 추방한다는 것은 아니었지만, 평론이라는 형태로 젊은 세대가 구세대를 통렬히 비판하고 심판해나갔다.

"당신들은 전쟁에 협력했잖아!" 하며 시비를 가리고자 했다.

그때 나는 아직 학생이었지만, 왠지 그런 분위기에 동조하고 싶지는 않았다. 물론 그렇다고 내가 전쟁에 적극적으로 협력했던 것은 아니다. 하지만 동세대인 친구들이 구세대를 전쟁에 협력했다는 이유로 비난하는 모습을 보며, 우리에게 그들을 심판할 권리가 있을까 하는 생각이 들었다.

우리 세대는 구세대와 달리 전쟁이 일어나던 상황에 놓이지 않았으니까 그렇게 하지 않았던 것이지, 만약 같은 입장에 놓였다면 어쩌면 똑같은 짓을 했을지도 모른다고 생각했다. 나 역시 절대로 그렇게 되지 않으리라고는 단언할 수 없다.

구세대를 심판할 만큼 젊은 세대가 훌륭하고 어떤 폭력에도 굴하지 않을 정도로 강인한가 하면, 나는 그렇지 않다고 생각했다. 강하지도 않은 사람들이 마침 그런 상황에 놓이지 않았기 때문에 전쟁에 가담하지 않고 살아갈 수 있지 않았을까.

그런 생각을 하자, 자신들만이 마치 정의의 사도인 양하는 얼굴을 하고 타인을 심판할 권리가 과연 누구에게 있을까 하는 생각이 계속 머릿속을 맴돌았다. 이것이 훗날 나의 문학 세계에 큰 영향을 미쳤다.

많은 사람들이 정의라고 말하는 것을 과연 그대로 믿을 수 있을까?

나는 2차 세계대전 시 청년 시절을 보낸 전중파 세대로, 전쟁 중에는 여러 희한한 일들이 많이 있었다.

한번은 이발소 아저씨가 자기 동네의 이발소를 돌아다니면서 'BARBER'라고 영어로 적힌 가게의 간판에 페인트칠을 했던 일이 있다. 그러자 한 신문에서 그 남성을 '애국 이발사'라는 제목으로 기사에 싣기도 했었다. 당시 학생이던 나는 그 남성의 기사를 읽게 되었고, 여론에서는 왜 이런 한심한 행동을 치켜세우는 건지 참 이상하다고 생각했었다.

길을 걷다 보면 이런 일도 있었다. '국방 부인회'라는 완장을 찬 아주머니들이 일렬로 서서 파마를 한 젊은 처자들이 지나가면 "그런 적성(敵性)의 머리 모양은 하지 맙시다" 하며, 일부러 주의를 주는 것이다. 도쿄의 시부야나 신주쿠에서도 그런 광경을 종종 볼 수 있었다.

이런 젊은 처자들에게 주의를 주는 아주머니들의 얼굴에는 자신들이 좋은 일을 하고 있다는 듯한 만족감이 흘러넘쳐서, 나는 그 모습을 볼 때마다 구토가 올라왔던 것을 기억한다.

젊은 아가씨가 파마를 하는 건 미국인이든 일본인이든 개인의 자유이고 자연스러운 일인데, 그걸 일부러 주의를 주며 자신이 애국자라도 된 양 구는 모습이 참을 수 없이 싫었다.

자신들의 '정의'를 일방적으로 강요하고, 왜 그런 일을 하는 것이 좋은 일인지에 대한 반성이 이들에게는 전혀 없었기 때문이다.

어느 날 전철 안에서 영어 잡지를 보던 여학생에게 한 노신사가 다가가 이렇게 말하는 광경을 목격한 적도 있다.

"적국의 말을 공부한다는 건 이 나라 국민이 아니라는 것이오."

승객들은 모두 아무 말이 없었지만, 그 순간에도 나는 그를 황당한 사람이라고 생각했다. 지금 생각해보면 여러분도 고개를 갸우뚱할 만한 행동들이 당시에는 올바른 행위라고 버젓이 자행됐던 것이다.

일종의 슬로건이 군중 사이에 퍼지고 '정의'라는 깃발 아래 외쳐지면 대중은 그것을 방패 삼아 무엇이든 판단하려고 한다. 그것이 진정한 정의인지 아닌지를 깊이 생각하려고도 하지 않은 채 그러한 경향은 전쟁 중이던 일본 사회의 도처에 널리 퍼져 있었다.

만약 반대하는 사람이 있다면 마치 그 사람이 정의를 배신한 인간이기라도 하듯, 민중은 그를 크게 비난하곤 했다. 민중뿐만 아니라 매스컴 또한 그 사람을 비방했다.

그 무렵 자유주의자라고 하는 극히 소수의 사람들이, 다수가 말하는 '사회의 정의'에 반대했다는 이유로 규탄을 받거나 심지어는 투옥되기도 했었다는 사실을 역사를 통해 이미 잘 알고 있을 것이다.

이러한 것은 냉정하게 생각해보면 시비를 가릴 수 있는 문제지만, 군중의 무리 속에서는 그 식별 능력을 잃어버릴 수가 있다. 오늘날에도 '정의'라는 명목하에 실로 어리석은 일이 여기저기서 자행되고 있지는 않은지 주의 깊게 살펴볼 필요가 있다.

나는 전쟁과 전후 사회를 모두 체험한 덕분에, 어떠한 사상도 한계를 벗어나게 되면 악이 될 수 있다는 사실을 깨닫게 되었다. 또한 내가 그 체험들을 통해 배운 것은 결국 '인간의 나약함'이었는지 모른다. 우연히 어떤 입장에 처하게 된 사람이 나약함 때문에 과오나 죄를 저질렀을 때, 일방적으로 그 사람을 심판할 수 있을까? 일방적으로 다른 사람을 심판하기에 앞서 다시 한 번 상대방의 입장, 사정을 고려해볼 필요가 있다.

나는 소설 작품 속에서 다양한 인간을 묘사해왔다. 어떤 한 인물을 묘사함으로써 '인간의 나약함'을 절실하게 느낄 수 있었다. 남의 물건을 훔치고, 사람을 죽이는 행위를 하는 인물에게조차도 일방적인 비난을 할 수가 없게 되었다. 뭔가 안타까운 사정, 피치 못할 사정이 있었던 것은 아닐까? 어떤 끔찍한 필연성이 그를 살인범으로 만든 것은 아닐까.

삼류 소설이라도 이런 행위의 이면에 있는 인간심리를 묘사하지 못한다면, 작가는 인간을 제대로 관찰하지 못한 것이다. 제대로 성의를 가지고 인간을 관찰한다면, 아내를 죽인 남편이든 연인을 살해한 여자든, 그 이면에는 인간의 애환이나 고통이 존재한다는 사실을 작가는 독자에게 알려야 한다. 그러한 인간의 애환이 담긴 부분을 수차례 그리다 보니 나는 타인을 심판하는 것이 나이가 들면서 점점 더 어려워졌다.

그렇다고 해서 모든 범죄에 대해서 사회적인 제재가 불필요하다는 말을 하는 것이 아니다. 질서를 유지하기 위해서는 당연히 사회적 제재가 있어야 한다. 개인의 양심 문제로 '나에게 남을 심판할 권리가 어디까지 있는가?' 하는 질문을 항상 마음속에 품고 있지 않으면, 인간은 위선자가 되고 만다. 항상 자신이 정의의 사도라는 우월감을 갖기 때문이다. 이

위선자가 되는 것은 위악자(僞惡者)가 되는 것보다도 더 추악한 일일지 모른다.

범죄 행위는 사회질서와 정의로 재판을 해야 하지만, 거기에 편승해 자신의 내면까지 정의의 사도 같은 얼굴을 하고 남을 심판해서는 안 된다고 생각한다. 왜냐하면, 그러한 심판에는 인간의 나약함에 대한 인식이 결여되어 있기 때문이다.

흔히 굴욕감이나 열등감에 대해서 고민해본 적이 없는 사람
은 자신의 생각에 우월감을 갖기 쉬운 경향이 있다. 바꿔 말
하자면, 자신의 나약함을 깨닫지 못하고 오직 자신의 생각만
이 옳다고 여기기 때문에 사소한 일로도 자신 스스로가 정의
로운 사람이라 여기기 쉽다는 것이다.

　내가 젊은 사람들에게 가장 하고 싶은 말은 오직 자신의
생각에 우월감을 갖지 말라는 것이다. 그리고 위선자가 되
지 않을 것. 그러기 위해서는 자신의 나약함을 인정하고 깊
이 이해해야 한다. 다른 사람이 잘못을 저질렀을 때, 자신이

만약 그와 같은 입장이었다면 어떻게 했을지, 똑같은 잘못을 저지르지 않을 자신이 있는지를 생각해봤으면 한다.

여러 번 이야기하지만, 이것을 사회적 재판이나 판결과 혼동해서는 안 된다. 우리 사회에는 '도둑질을 하지 말라'는 규율이 있다. 이것은 법률과 사회정의 입장에서는 반드시 재판을 해야 하는 사항이다. '굶주리고 있는 자식을 보다 못한 부모가 이웃 과수원에서 사과를 훔쳐 자신의 아이에게 먹였다'고 하자. 이 부모는 법률상으로는 재판을 받아야만 한다. 하지만 개인적으로는 내가 그와 똑같은 입장에 처했다면 나는 어떻게 했을까, 혹시 나도 똑같은 짓을 하지 않았을까? 이 두 가지는 확실히 구분되어야만 한다고 생각한다.

사회생활에서 겪는 고충이나 경험이 적은 사람들은 자칫하면 오만함에 빠지기 쉽다. 그렇기 때문에 끊임없이 내가 그와 같은 입장이라면 어떻게 할까에 대한 고민을 해야 한다. 그러기 위해서는 상상력과 공감이 필요한데, 이는 다양한 사람들과의 접촉을 통해 생겨나는 것일지도 모른다. 그리고 그러한 경험을 통해 마침내 다른 사람을 허용할 수 있는 마음이 생긴다.

예를 들어, 좋아하는 이성에 대해서는 상대방의 입장에서 생각하려고 노력을 하지만 좋아하지 않는 이성에게는 그렇게 하지 않는 경향이 있다. 그러나 좋아하지 않는 이성에 대해서도 그 입장을 생각할 수 있다면, 그 사람은 보다 성숙한 사람이라 할 수 있다. 좋아하는 여자라면 '곰보 자국도 보조개'로 보이니까 실수를 엄격하게 판단하지 않지만, 별로 관심이 없는 여자가 실수로 잘못된 행동을 했을 때도 상대의 입장에서 생각할 수 있는지가 관건이다.

이때 필요한 것이 역시 상상력이다. 그러나 이것은 겸손이 아니다. 겸손이라고 하면 왠지 인위적인 느낌이 들기 때문이다. 상대방에게 좋게 보이고 싶다는 계산이 작동한다. 내가 말하는 것은 그런 게 아니다. 이것은 자연히 그렇게 되는 것이다. 인간의 나약함과 쓸쓸함을 이해하게 되면 말이다.

나이가 들고 40대 정도가 되면 자연히 알게 되겠지만, 나는 20대들도 그런 생각을 하면 좋겠다고 생각한다.

어떤 사상에 대해 설명한 책을 읽고, 마치 그러한 사상이 전부인 양, 이것만 있으면 모든 것이 해결될 것처럼 생각하는 사람들도 있다. 자신의 사상에 우월감을 가질 만큼 충분히 공부를 한 것도 아니면서, 자신과 같은 사상이 아닌 사람은 반대파라고 규정짓는 것은 지나치게 단순한 논리이지 않은가?

다른 사람의 마음을 읽을 수 있는 방법 중 하나가 바로 소설책을 읽는 것이다. 여기에는 두 가지 효과가 있는데, 첫 번째는 자기 외에 타인의 마음을 이해할 수 있다는 것. 물론 결국은 자신의 체험과 지식을 확장시켜 읽는 것이겠지만.

또 하나는 상상력을 배양할 수 있다는 점이다. 상대의 입장을 생각한다는 것은 굉장한 수양이 된다. 슬픈 이야기를 읽고 눈물을 흘려도 좋다. 그것은 결코 위선이 아니다. 감상적인 소설이라고 평가받는 것은 조금도 걱정할 문제가 아니다. 감상적인 소설을 비웃는 사람이 오히려 마음이 차가운 사람이라 할 수 있다. 감상적인 마음을 갖는 것은 결코 나쁘지 않다. 당신이 상대방의 입장이 되어 상황을 헤아린다는 것을 의미하기 때문이다.

있는 그대로의 나를 인정하라

나는 유머를 대단히 좋아하는 인간이다. 유머로 다른 사람을 웃게 하고 싶다. 그러니 광대가 되기도 하고, 심각한 글을 쓰는 한편, 타인과 소통하고 싶다는 욕구가 나에게 유머 소설을 쓰게 했던 것이다.

혹시 대설(大說)과 소설(小說)의 차이를 알고 있는가. 대설가는 인생이나 인간에 대해 이미 다 알고 있는 사람이다. 그러나 소설가는 여러분과 마찬가지로 인생이나 인간에 대해 잘 모르기 때문에 소설을 쓰고 있는 것이다.

가령 20대 나이에 인생의 의미라든가 인간이 어떤 존재임을 알게 된다면 얼마나 시시하겠는가. 이미 다 알아버렸다면 더 이상 살아갈 의미도 찾을 수 없을 것이고, 살아갈 에너지 또한 필요 없게 될 테니 말이다.

마지막 죽음의 순간에, 인생이란 이런 거였구나 하고 그 의미를 깨닫게 되는 것이 바로 진정한 인생이라고 나는 생각한다.

추리소설은 마지막 장을 펼쳐보기 전까지는 과연 누가 범인인지 알 수 없는 구도로 짜여 있다. 바로 이 범인이 인생의 의의라 할 수 있겠다. 때론 아주 신선한 반전도 있다. 우리 인생에도 마지막에 반전이 있다.

신은 마지막에 우리를 완전히 뒤바꿔놓기도 한다. 아무리 신을 부정하려고 해도 마지막 장에서 반전을 일으켜 자신을 믿게 하는 것처럼 말이다.

우리는 보통 추리소설을 미스터리소설이라고 부르는데, 내 소설과 인생도 역시 미스터리소설 그 자체이다. 이때 미스터리라고 하는 말은 글자 그대로 인생의 신비로움에 대한 의미를 찾고자 하는 뜻에서 미스터리소설이 되는 셈이다.

모든 사람의 인생이 그런 것 같다. 다만, 인생의 의미를 쉬이 알 수 없기에 그래서 소설을 쓰고 있다고 할 수 있을 것 같다.

이 책에는 내가 겁쟁이고 소심하며 비겁하고(다들 그렇지 않은가……?), 또 누구라도 그러하겠지만 가능하면 다른 사람에게 상처주고 싶지 않은 너무나 인간적인 모습이 담겨 있다. 그래서 이 책 안에서 나는 '경쟁자 뒤에 숨어서 달려라'라는 말을 하고 있는 것이다. 나와 다른 관점의 인생을 사는 사람이라면 아마 경쟁 상대를 끝까지 쫓아가서 쓰러뜨리리라고 말을 할지도 모르겠다. 하지만 나는 경쟁자에게 미움을 받는 것도 싫고 상처를 주고 싶지도 않다. 그러니 뒤에서 조용히 따라 달리며 상대가 달리기를 그만둘 때까지 기다리는 쪽을 선택하는 것이다. 이렇게 하면 경쟁자도 상처를 받지 않을 거라는 일종의 배려이다.

나의 이야기는 강하지 못한 우리가 가장 먼저 해야 할 일은 보통의 자신을, 있는 그대로의 자신을 직시하자는 것이다. 거기서부터 시작이다. 그런 다음, 자신의 삶의 방식을 솔직하게 생각해보며 살아내면 되는 것이 아니겠는가.

행복한 삶을 위해 나와 친해지기

나를 사랑하는 법 (원제:自分をどう愛するか―「生活編」)

1판 1쇄 2021년 7월 15일

지 은 이 엔도 슈사쿠
옮 긴 이 김영주

발 행 인 주정관
발 행 처 북스토리㈜
주　　소 서울특별시 마포구 양화로 7길 6-16 서교제일빌딩 201호
대표전화 02-332-5281
팩시밀리 02-332-5283
출판등록 1999년 8월 18일 (제22-1610호)
홈페이지 www.ebookstory.co.kr
이 메 일 bookstory@naver.com

ISBN 979-11-5564-239-9　03830

※잘못된 책은 바꾸어드립니다.

이 도서는 「**이제 나부터 좋아하기로 했습니다**」의 개정판입니다.